阿富汗访古行记

刘 拓 著

图书在版编目（CIP）数据

阿富汗访古行记 / 刘拓著 . — 北京：北京大学出版社，2021.6
（走进西域丛书）
ISBN 978-7-301-32187-4

Ⅰ . ①阿… Ⅱ . ①刘… Ⅲ . ①游记 – 作品集 – 中国 – 当代 Ⅳ . ① I267.4

中国版本图书馆 CIP 数据核字 (2021) 第 085982 号

书　　名	阿富汗访古行记 Afuhan Fanggu Xingji
著作责任者	刘　拓　著
责任编辑	赵　维
标准书号	ISBN 978-7-301-32187-4
出版发行	北京大学出版社
地　　址	北京市海淀区成府路 205 号　100871
网　　址	http://www.pup.cn　新浪微博：@ 北京大学出版社
电子信箱	pkuwsz@126.com
电　　话	邮购部 010-62752015　发行部 010-62750672 编辑部 010-62707742
印 刷 者	北京九天鸿程印刷有限责任公司
经 销 者	新华书店
	787 毫米 ×1092 毫米　1/32　12.25 印张　210 千字 2021 年 6 月第 1 版　2023 年 9 月第 5 次印刷
定　　价	88.00 元

目 录

GOAL!!

前页图：

◎在阿富汗驻华大使馆留影

〔一〕 赌气获得的签证

2014年7月，我第一次前往阿富汗，算是意料之外的旅行。原本的计划是以丝绸之路为主题的大环线，从喀什出发，经过红其拉甫进入巴基斯坦，西进伊朗，北上土库曼斯坦，再东赴乌兹别克斯坦、哈萨克斯坦回到中国，全程陆路，涉及丝绸之路在伊拉克以东大部分重要的城市。出行之前，我没计划去阿富汗，这个地方对仅仅第二次出国的我来说实在难以驾驭，这一切只因那次赌气得到的签证。

7月出行，我从当年3月就开始准备签证。伊朗、乌兹别克斯坦都正常流程，十分难弄的土库曼斯坦过境签，也顺利完成，万万没想到瓶颈会卡在友邦巴基斯坦上。巴基斯坦旅游签证的所需材料变化很快，要不要邀请函，要不要在职证明，往往在于签证官心情。我在办理时被百般刁难，要么被嫌邀请函不是原件，要么被嫌没有当地担保人，最终我还需写个保证书，保证哪些地方不去。在第三次被拒之后，我愤而走出使馆，决意不去巴基斯坦，忽然见到马路对面就是阿富汗使馆，何不去那里转转呢？

在我之前，网络上从来没有信息表明北京大使馆可以办理阿富汗旅游签证，旅行者多在巴基斯坦伊斯兰堡或伊朗德黑兰办理。要求进馆之后，中方秘书直接让我进了使馆大楼——这是我第一次进入外方使馆的主建筑。听说我要办签证，这位秘书淡定地问是办旅游还是商务签，并贴心地说旅游签比较好，价格便宜；决定办旅游签之后，他继续问我想去哪里，还推荐了巴米扬、赫拉特等城市，宛如这是个正常的旅游国家。我懵懵懂懂地填了一张表，就被告知可以出去缴费了。

下午3点左右，我从旁边的银行缴费回来。一位阿富汗秘书收走单子和护照，让我耐心等待，还端上红茶来招待我，并告诉我可以在使馆里四处转转。使馆的墙上挂着很多阿富汗著名景点的绘画和照片，角落里摆满了异国风情的工艺品。我在这里好奇地拍照、扯起国旗合影。这片神奇的土地，从使馆开始就带给我极大的好感，并延伸成整个阿富汗之旅的基调。这里传统的风貌，淳朴的民风，让我在之后的几年里魂牵梦萦，再去自是必然。

短短两小时的等待时间，我原本以为是材料审查。结果5点下班时分，中方秘书就把签证拿出来了。这就办成了？到目前为止，这是我获得最快的贴纸签证。不在计划内的阿富汗，因为对巴基斯坦的赌气，变得近在咫尺。

当然，巴基斯坦签证在临出发的两天前也办出来了；哈萨克斯坦过境签失败，刚好把富裕的时间给了阿富汗，我最终按照原定的计划历经42天完成了整个旅行。这第一次的阿富汗之旅从伊斯兰堡飞喀布尔；在喀布尔待两天，陆路前往马扎里沙里夫（Mazar-i-sharif）；在马扎里沙里夫停留半天，飞往赫拉特；在赫拉特待一天半后，就陆路前往伊朗，一共只有四天时间。这次出行留下了太多遗憾：巴米扬因为当时飞机的时间不确定而放弃，喀布尔的国家博物馆因为我搞错了开放时间也错过。

因而，2017年6月，带着弥补上次遗憾的愿望和对当地淳朴民风的眷恋，也因为这之前认识了在中国人民大学研究阿富汗考古的邵学成博士，相谈甚欢之余，希望给他的研究增添一些现场资料，我又一次踏上前往阿富汗的旅途。

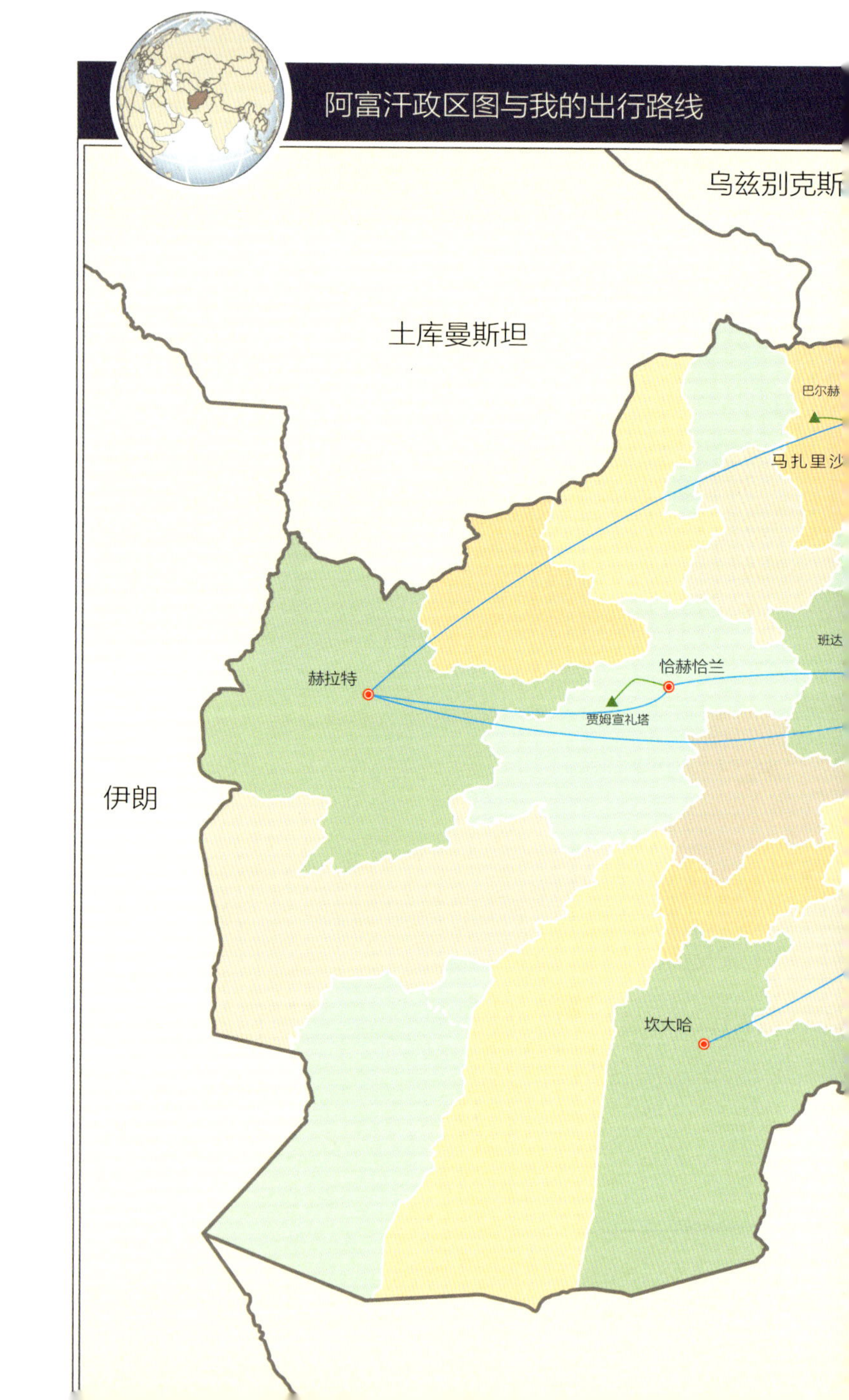
阿富汗政区图与我的出行路线
乌兹别克斯
土库曼斯坦
巴尔赫
马扎里沙
班达
赫拉特
恰赫恰兰
贾姆宣礼塔
伊朗
坎大哈

塔吉克斯坦
中国
法扎巴德
潘杰希尔
恰里卡尔
贝格拉姆
喀布尔
1972 Line of Control
印度
巴基斯坦
首　都
省会城市
景　点
飞机前往
汽车前往

前页图：
阿富汗政区图与我的出行路线

〔二〕 精心的规划与无穷的变故

选择2017年再次前往阿富汗，主要是因为阿富汗最主要的航空公司——卡姆航空，从2016年开始大幅增加国内航点数量和航班频率，当时已经有将近一半的省会可以通过飞机抵达。2014年航班很不稳定的巴米扬，现在一周有四班飞机；而阿富汗另一个世界遗产，古尔省的贾姆宣礼塔，是自由行旅客依靠陆路交通几乎不可能到达的地方，如今距离其100公里的省会恰赫恰兰也开通了航线，并且这些航班都能在去哪儿、携程等网站购票，非常方便。

在确定阿富汗的两个世界遗产都有可能参观之后，我也就敲定了再访阿富汗的计划，与此同时，也希望顺带探访更多的名胜古迹。我感兴趣的主要有三点：其一是前伊斯兰的希腊化、贵霜时期的遗迹，如喀布尔北郊的贝格拉姆遗址、东郊的艾娜克（Aynak）佛教遗址，喀布尔国家博物馆里的藏品；其二是有代表性的伊斯兰教建筑物，如伽色尼王朝首都加兹尼的宣礼塔和城墙，赫拉特帖木儿时代的清真寺和陵墓，坎大哈的杜兰尼王朝建立者艾哈迈迪·沙阿（Ahmad Shah）的陵墓等；其三是现代城市的历史街区，如喀布尔、赫拉特、坎大哈、加兹尼、法扎巴德（Faizabad）

等城市的土坯建筑群落。最终我放弃再访马扎里沙里夫，确定前往喀布尔、赫拉特、坎大哈、加兹尼、古尔、帕尔旺（Parwan）、法扎巴德等七省，出行方式以飞机为主，陆路包车为辅，之后便开始了紧锣密鼓的准备工作。

首先敲定航班，飞往古尔省恰赫恰兰的飞机分别从喀布尔和赫拉特出发，一周各有两班，仅有一种组合可在恰赫恰兰停留一天，即周三从喀布尔飞恰赫恰兰，周四从恰赫恰兰飞赫拉特。以这一限制条件为骨架，我围绕其排布了往返坎大哈和法扎巴德的航班。巴米扬原本计划乘坐飞机前往，但时间上很难和其他安排紧密衔接，后来知道在阿富汗开中餐馆的红姐已经为这条线路开发出了成熟的包车路线，价格比坐飞机便宜，时间也自由，遂改为包车前往。剩下的加兹尼、艾娜克遗址的包车，红姐家的哈扎拉族司机不敢应承，我便通过曾经前往阿富汗旅游的中国人的人脉，寻找别的包车司机，很快就得到了结果。在喀布尔市中心经营一家著名书店的沙·穆罕默德（Shah Muhammad）先生，对阿富汗的古迹非常了解，人也很热心，他的塔吉克族司机很乐意跑这两条线路，虽然价格很高，但鉴于危险性较大，我也只好答应。最后，只剩下从古尔省的恰赫恰兰去贾姆宣礼塔的100多公里道路，实在没法提前找司机，只好到了那边再审时度势。所有地方综合起来，最终安排了10天的行程。

有了上一次阿富汗旅行的经验，加上在2015年前往伊拉克被政府军扣押的经历，我清楚地知道阿富汗和伊拉克

2017年的旅行行程：

6月11日	上午德里飞喀布尔，喀布尔城内，宿喀布尔
6月12日	清晨汽车赴巴米扬 晚间返回喀布尔，宿喀布尔
6月13日	清晨汽车赴巴米扬，巴米扬石窟、班达米尔湖 半夜返回喀布尔，宿车上
6月14日	清晨飞机赴恰赫恰兰，汽车往返贾姆宣礼塔，宿恰赫恰兰
6月15日	清晨飞机赴赫拉特，赫拉特城内 傍晚飞机回喀布尔，宿喀布尔
6月16日	清晨汽车去艾娜克，随后汽车往返加兹尼 下午喀布尔城内，宿喀布尔
6月17日	清晨飞机赴法扎巴德，法扎巴德城内，宿法扎巴德
6月18日	清晨飞机赴喀布尔 中午飞机赴坎大哈，坎大哈城内，宿坎大哈
6月19日	清晨坎大哈城内 上午飞机赴喀布尔，汽车往返潘杰希尔山谷，宿喀布尔
6月20日	上午喀布尔城内，喀布尔国家博物馆 下午飞机赴德里

是两种不同类型的危险。在社会治安上，阿富汗比伊拉克街头的爆炸更频繁，更无规则可循；但阿富汗的政治敏感性小于伊拉克，普通游客在喀布尔、赫拉特的街上行走，基本不会被警察盘问，陆路交通上的检查点也没有伊拉克那么多。因而我在筹划线路时，只着力于提前敲定信得过的人陪同，避免路上的危险，并没有太多考虑检查点给旅行造成的阻碍。然而三年过去，阿富汗的安全形势每况愈下，尤其是距我动身前两周发生了死亡上百人的“5·31”大爆炸，政治敏感性骤增。这一没有预料到的情况，给我这次旅行造成了好几次大麻烦。虽然我已经提前把绝大多数的日程和司机都订好，但始料未及的情况一次又一次打乱行程，我不得不乘坐了临时改签的航班，搭了街头现找的汽车，走了不曾计划的线路。通过种种方式挽救，最终只有艾娜克遗址因为位于中冶集团矿区内，没有许可实在无法进入，其他计划中的地方都顺利到达了，而我也收获了无数计划之外的见闻、友谊和感动。

我曾经把2014年旅行的经历发在旅行网站上，题目中给阿富汗的定位就是“民风比古迹更美”，再次游历更是感受如此：阿富汗的确是个让人深思的国家。日后回望，宏伟的古迹犹如喀布尔时聚时散的灰霾，犹如繁华市井的模糊背影，已并不真切；而那些穿着传统服装的繁乱身影，充满了坚果香气的嘈杂市场，层叠错落的土坯城市，和那宗教与世俗纠缠下不知让人以何种态度去面对的社会和各色人群，却久久萦绕在我的心中，让阿富汗永远成为我去过的国家中，独一无二的所在。

DOMESTI

RMINAL
ترمینل محلی
It has been my dearest dreams to
participate in the reconstruction of an
independent and free Afghanistan
along with this patriotic nation.
Ahmad Shah Masoud

前页图：
◎喀布尔机场

〔三〕 现代化的喀布尔——超市、书店与相机店

去阿富汗最便宜的方式，通常是从德里中转，因为德里往返喀布尔或坎大哈的航班很多，且价格多在1500元以下，相比多数人选择的迪拜便宜得多。我于6月11日上午到达机场，登机口前面只有寥寥十几个人，与窗外巨大的波音747–400客机形成鲜明对比。同三年前从伊斯兰堡去喀布尔的飞机一样，上座率不到一成：冷清的座舱从一开始就渲染出喀布尔与一般城市不同的诡异气氛。

飞机缓慢下降，喀布尔独特的城市风貌，逐渐在舷窗下出现。褐黄色的平缓山峦上铺展着同色的土坯房屋，随山就势如菌落般蔓延满布，仅市中心有些许三五层高楼：那种整齐划一的气派，配上谷地中浮荡着的黄色尘土，竟比很多高楼林立的城市更有气势。落地机场，和三年前相比，这里新修了一座国际航站楼。出来之后，航站楼前空空荡荡，旅客需要穿过两三道大门，再经一个满是小卖部和换钱场所的建筑物内部后，才能到达公共区域，这里停满了揽客的出租车。所有危险国家的机场，基本都有这样一类隔离措施，为的是防止恐怖袭击的车辆轻易开到航站楼附近。

保险起见，在喀布尔停留的日子里，我都住在红姐的

旅馆，一出机场，就遇到前来接机的拉马赞。拉马赞是红姐雇佣的哈扎拉族员工，长相十分帅气，还会说流利的中文，在阿富汗很难遇到交流这么方便的当地人。乘车一路向南，机场去城区的道路边，满是豪华的饭店，和记忆对比，都是这三年内新造的。拉马赞说这都是当地人举办婚礼的场所，我惊讶于数量竟然这么多，并且与后来去到的城区对比，这里基本是建筑外观最体面的地段了，当地人对婚礼可真是重视。

红姐的旅馆位于瓦吉尔阿克巴汗（Wazir Akbar Khan）地区，在城市北部，相当于喀布尔的新城区，各国使馆聚集于此，也是旅馆、餐馆扎堆的地方。这个区域可谓是戒备森严，棋盘状的道路，几乎每个路口都有警卫；一些重要的建筑所在地，道路完全封闭，需要绕过水泥墙经过安检才能进去；而每个单独的院落大部分也都有水泥墙护卫，红姐的旅馆也不例外。2017年5月31日，区内的德国使馆附近发生汽车爆炸，死亡将近200人，是阿富汗战后伤亡人数最多的一次袭击。因而再次到达这里时，气氛比三年前紧张多了，很多小型道路都被临时封闭，交通异常不便。我跟随拉马赞在一家大型超市里购买电话卡，没想到阿富汗会有这样的超市，装修体面、空间开阔、商品类型十分丰富，恍惚以为身在国内。我被琳琅满目的果汁区吸引，但仔细一看，果汁产地基本都是土耳其、伊朗、巴基斯坦，价格对于我们虽然便宜，但也远远高于在原产地的价格，且大多接近过期，也许当地大部分人还是负担不起这些较为高档的商品。买了大概相当于人民币50元的果汁，我一直喝到了在阿富汗的最后一天。想在店里拍拍照，店员惊恐地跑来制止了我——这后来在所有较为体面的室内场所都是常态，大约还是害怕恐怖分子掌握了店内的格局，方便发动袭击。阿富汗的电话卡，没有印度那样繁缛的激活流程，当场就能使用。喀布尔城内的3G信号很快，周边的省会和道路上也都有较强的信号，这超出我的预料。

到了旅馆简单收拾了东西，我就出发前往沙·穆罕默德的书店，落实去加兹尼和艾娜克包车的事宜。这家书店在喀布尔可谓无人不知，在背包客的圈子里也名气很大。它位于新城最南端和老城交界处一个破败的三层楼组成的小围院里，乍看很不起眼，走进却是另一番天地。这里的书架上摆满了各种语言的书籍，大多涉及阿富汗的政治、历史和文化。我边和老板商量着包车的细节，边在书架间搜寻有用的信息。最吸引我的是一些战前出版的文物、遗址图册，我感慨于塔利班破坏的遗迹之多，也同时在攻略中默默补充一些能顺路探访的地方——阿富汗的资料实在太少，不亲临当地，很多信息是在网络上无法获得的。可惜这里的书籍大多奇贵，唯有书架旁边摆放的明信片，是财力允许的纪念品。明信片大约有二三十种图案，都是阿富汗的风物，上面带有书店的标志，可知是书店自制的。老板承诺我，可以在写好明信片后让包车司机交回书店，他会负责寄回中国。时至今日，我寄的七八张明信片都已

◎喀布尔沙·穆罕默德书店内景

Get social! Like us on Facebook
CARDS

经收到了。

在这里，我认识了在后面几天打过无数次交道，让我又爱又恨的塔吉克司机哈桑。哈桑留着长发和修剪随意的胡子，穿着脏兮兮的蓝色长袍，蹬着快要破掉的拖鞋，眼神里满是狡黠与世故，毫无大部分阿富汗底层民众见到外国人时的好奇和兴奋——见面的第一眼，我就知道这不是一个好对付的角色。交给他的一趟大约相当于人民币2000元的包车，金额后来因为种种意外而变得更多，但他没露出过任何欣喜的神色。哈桑被介绍时，只是在店里拖拉着鞋不羁地来回逛着，仿佛自己是书店老板一般。我不知道遇到他给我的旅途带来的是幸运还是不幸——在阿富汗，匪夷所思的事情太多，没有机会去选择什么，也没有必要后悔什么，唯有认为已经发生的事情是最好的结果。哈桑给了我一个机会，让我看到了阿富汗人的另一面。

我在书店附近，顺便还完成了一件很重要的事儿。之前我把相机遮光罩落在了从德里到喀布尔的飞机上，这会对我的后续行程影响很大。因为在阿富汗，把单反相机一直挂在外面比较扎眼，需要频繁取出和放进相机包里，遮光罩可以有效避免这个过程中对镜头的磨损。原本想着在阿富汗不可能配到这种相对昂贵和精密的相机设备，结果进书店的路上，发现楼下有一家卖单反相机的商店。和书店老板谈完事情离开之际，便想进去碰碰运气。我指着自己的佳能5D3相机，比划着遮光罩的样子，店员很熟练地拿出一个，然而就差一点死活安不上——显然是很差的山寨货。急得团团转之际，一位正在店里转悠的阿富汗帅哥凑了过来，用极标准的英语问我有什么麻烦。问清以后，他笑着从包里拿出自己的相机，拧下遮光罩，让我试试——这是一个原厂的遮光罩，当然严丝合缝。他开心极了，收起自己的相机，就要把它送给我。我哪儿担得起这个，一定要给钱，他表示这是送我的礼物，希望它能给我带来好运。我翻遍相机包，摸出了几个中国硬币一定要送给他，可惜一时紧张，没有留下他的任何联系方式。

前页图：
喀布尔巴拉希萨尔（Bala Hissar）城堡和下面的墓地

〔四〕 探访喀布尔的城墙体系

幸运地得到了相机遮光罩，我一下子就恢复了拍照的兴趣。于是回到书店，希望老板帮忙找个车，带我去巴拉希萨尔城堡参观。因为后面有大生意，老板就叫出了哈桑，意思是这一趟免费带我去。

初到喀布尔的人，一定会被其山坡上层层叠叠的土坯房屋震撼，但很多人没注意到，这些民居背后的山脊上，有一道断断续续的石墙，仿佛缩小版的中国长城——这是喀布尔的城墙。喀布尔的老城位于瓦吉尔阿克巴汗区域的南侧，南面和西面被山峰包绕。喀布尔河在老城城西的隘口破山而过，自西向东迂回穿城。从城区去往巴布尔花园和喀布尔国家博物馆，均要通过这个瓶颈，因而在白天时常堵车。城墙从隘口处南北逦逦上山，北侧城墙上山东行，进入平地漫漶不见；南侧城墙则一直沿着山脊线向东，绵延超过3公里，包绕半个城之后，与一座大城堡相接，这座城堡就是喀布尔保存最完整的城防建筑——巴拉希萨尔城堡。巴拉希萨尔之名来自当地通用的达里语（波斯语的分支），是高的城堡的意思，在阿富汗有很多城堡就是这样简单的命名。城墙大约自贵霜王朝始建，历经维修，现在的面貌大约形成于300年前的杜兰尼王朝。如今平地上的城墙基本已经消失，但山巅的一大半依然存留。三年之前，我在城西的隘口处分别考察了南北两段城墙，也在巴拉希萨尔的东侧进行了拍摄。当前正是日暮时分，再次前往，正好看看城堡的西侧，顺便攀登一下城堡西侧与之相连的城墙。

2014年到达城堡下面时遇到的牲畜市场，是我在阿富汗最有趣的记忆之一。一地的牛羊和戴着白头巾、穿着灰马甲的阿富汗人在城堡下喧闹地穿梭，景象特别壮观。我扎进市场深处，这里一个女性都没有，坐在食槽边的白胡子老人、正在剪羊毛的小伙儿、讨价还价的顾客，纷纷微笑地示意我拍照，还让我抱着羊和他们合影，“赛俩目”不知说了几百遍。这让初来的我忘却喀布尔是一个危险的城市，那种人心的质朴和适度的热情，比在巴基斯坦和伊朗更令人舒服自在。我曾将这段经历分享在网络上，吸引了很多后来者前来重访，但却都没遇到那么大规模的，也许我是赶上了特定日子的大集吧。如今的城墙下，全然没有当初的热闹，山坡上零星有三五个卖羊商贩让我建立着与回忆的联系，而更多所见的，是漫山遍野的墓地。向西走去，墓地越来越多。三两个孩子在墓地中奔跑，向我们大声打招呼，回音震荡，却更添肃杀。

城堡西侧和城墙连接处，是喀布尔南山最低的垭口，一条道路从这里通向城外，三五行人不时经过。向北望去，宽谷一样的地形，被密密麻麻的土坯房屋占满，居高临下直通老城腹地，蔚为壮观。一辆警车和数个军人守在

◎喀布尔巴拉希萨尔城堡下的牲畜市场

◎日落时分俯瞰喀布尔巴拉希萨尔城堡

街口，没有任何盘问，还跟我愉快地打着招呼，看起来形势还是挺乐观的。我向城堡西面的山坡爬去，寻找与之相连的城墙，顺便俯瞰城堡。

日已西斜，温暖的光线照在城堡上，拖曳着长长的影子，我在东坡错落的居民区中蜿蜒上山。当山上已全无一点光线时，我只好加快脚步。路上遇到一个小伙儿，问我想要干什么，我指指相机、指指城堡、指指山头，他便明白，欢脱地跑在前面，给我带路。20分钟后，我爬出了民宅区，到了毫无遮挡的坡上，东望的壮美景色尽收眼底。城堡坐落在一座小山顶端，外低内高，随势曲折；城有三层，固若金汤，马面、垛墙和箭孔的形状与印度拉贾斯坦地区的城堡如出一辙，应该是受到了那边的影响。城南的哈什马特汗（Hashmat Khan）湖，我三年前来时全无印象，当时大约干涸；如今这里却水草丰盈，和旁边的村落一起，竟似水乡一般。顺势远望，喀布尔东侧的城区铺排直到十几公里外的山下，巴拉克宰王朝最后两任君主纳迪尔（Nadir）和查希尔（Zahir）沙阿的陵墓也历历可见。回头望去，太阳擦着西侧更高的山头，眼看就要落下；更加完整的城墙从我脚下才开始，以惊人的险峻向着太阳爬去。我沉醉于这美景，却不得不赶快下山，山的影子以肉眼可见的速度吞没着城堡，向东面的城区扑去，先前带我上山的小伙儿一定要带我下到山底才放心。下到警车那里，北面的城区已响起千万重悠扬的邦克声——这是昏礼开始的标志，在当前斋月期间，也意味着可以开始吃饭喝水。口渴难耐之时，警车旁小卖部里的老人默默拿出一瓶水送给我。在阿富汗的第一处景点，顺利而感恩。

回到旅馆，我便和红姐商量第二天包车去巴米扬的事宜，他们家的价格是往返260美元，每增加一天多收1000阿富汗尼。1人民币大约等于10阿富汗尼，阿富汗尼同印度卢比的币值非常接近，然而两国物价上的差别却非常显著。在印度，吃饭、打车的花钱都是几十、几十算，而在阿富汗都是几百、几百算，阿富汗作为世界上最贫困的国家之一，这样的物价挺让人心疼。开车的司机是拉马赞的叔叔，红姐的另一个伙计阿里也一同前往，两人都是哈扎拉人。去巴米扬通常在天还未亮时出发，比较安全，我们就约定在早上4点。通往巴米扬的路上，一个岔口东拐10公里就能到达赛亚德（Sayad）村，这里有阿富汗最重要的希腊化至贵霜时期的城市——贝格拉姆遗址，我特意交代他们增加这个地点，刚好能趁着日出时参观。

前页图：

远眺伊斯塔利夫（Istalif）小村

〔五〕 出师不利——折戟帕尔旺

凌晨3点半，我和司机还有阿里起床，冒着浓浓夜色，向北方前进。前往巴米扬通常有两条路，一条先向正北方向到达帕尔旺省省会恰里卡尔（Charikar），然后向西沿古尔班德（Gurband）河谷到达巴米扬，称北线；另一条先向西南去瓦尔达克省省会迈丹沙赫尔（Maidan Shahr），再从小路转向西北，称南线。北线相对比较安全，但时间较长，约需5—6小时；南线几乎必有塔利班出没，很少有游客选择，但时间较短，仅需4小时左右。我们当然选择北线。

喀布尔的夜晚，漆黑得直到天地相接处都无一丝地光，郊区山头上缥缈的民居，仿佛星空一般，美得猝不及防。东方天空泛起微白，喀布尔城北的索马里平原荡着薄纱般的雾气。在距离恰里卡尔还有15公里处，我们从一个岔路口向东北拐去，驶过了美军的军事基地，我稍稍松了一口气，本以为这里可能会有比较严格的安保措施。

眼看车就要开到遗址，然而太阳还没有升起。我想略微耗一下时间，看见路边有一个带小城堡的保存完好的古村落，便让司机停车，想下去拍两张照片。阿里忙不迭地想制止我，我却已经跑出去了——这是我在阿富汗全程中做得最错误的一个决定。

◎去往贝格拉姆遗址的路上被抓的村落

村里一个人都没有，建筑也没有太多可看的。正准备返回车里之际，我看见路边有棵桑树，桑葚的颜色和国内常见的不同（阿富汗的桑葚都是白色的），便好奇地拍拍照片，并尝了一个。这时，一位戴着阿富汗民族英雄马苏德（Massoud）同款帽子（当地华人俗称“煎饼帽”）、留着大胡子的老人扛着铁锹走了过来，指着树，笑着跟我说一个听不懂的单词。我以为他是告诉我树的名字，便也笑着指着树，重复这个词语，客套两句便往回走。然而老人却一直跟着我，嘀嘀咕咕不知道在说什么。这时司机也凑了过来，开始跟老人说话。不知道什么原因，老人突然就暴怒起来，一把抢过了我的相机，声调也提高了很多。司机还在不断地跟他说话，老人却领着我们到了另一户人家门前，猛敲大门。

从门里出来的人，司机跟我说是村长。村长没说几句话就要我们在这里等着，他要叫镇上的警察过来处理。一晃到了8点多，我站在路口，焦急得不得了。司机什么都说不清楚，只有阿里在车里不停叹气。警察来后，把我们拉到镇里的办公室问话，还来了一个能说一点英语的翻译，问我来阿富汗的原因和为什么在那个村子拍照，眼神里满是狐疑。我感到自己仿佛身在伊拉克，两年前十几次被人询问、被人怀疑、不断解释的画面，一股脑向我扑来。只是这次我觉得自己不应该那么狼狈，因为司机在场，他拉过不下数十波中国游客去巴米扬，完全能解释清楚我们是来干什么的。

然而就是这么出乎意料，几番问询下来，警察非但没有放松神情，反而把司机和阿里的手机都没收了（我的之前就没收了）。幸而司机之前给中国旅馆打出过一个电话，拉马赞已经在来营救我们的路上了。翻译告诉我，现在我们必须前往省会恰里卡尔的警局接着问话。我急得头都快爆炸了，已经上午10点多了，这下今天肯定不能结束在巴米扬的参观了。也因为位置转移，拉马赞没有及时找到我们。

接下来在恰里卡尔的警局里，就是漫长而毫无意义的问话。翻译的英语很差，我感觉可能是村里那个老人觉得我偷拍了他们的女人，又或许是我偷吃了他们的桑葚，但这似乎都不足以形成现在的局面。文秘一页又一页地写着阿拉伯字母的文书，翻译一遍又一遍地问着似乎已经重复了很多次的问题。我感到自己要放弃了，呆滞地盯着文书手上飞速运动的笔，沙沙的声音似乎充斥了整个城市。我是谁？我为什么会来到这里？我下意识地掐着自己大腿，试图掐醒自己，然而天旋地转之后，那狭小的办公室依然在我眼前。

表针指向12点，能不能到达巴米扬都是未知数了。我本来只给巴米扬预留了一整天时间，计划第二天上午乘坐飞机返回；如果时间不够，最起码要在第二天下午返回喀布尔，才能乘坐第三天上午飞往古尔省省会恰赫恰兰的飞机。我感到一切计划都在趋向混乱，委屈、无奈、着急、悔恨，千头万绪搅得我在办公室里号啕大哭起来。

文书、局长和翻译面面相觑，不知所措。翻译不停地拍我的肩膀安慰我，但他也无能为力。最终，办公室里的工作人员都对我很同情，但他们可能已经把消息报给了上面，虽然很想放我走，却已经没有办法自行决定。我望着窗外逐渐移动的光影，几乎每隔一个小时就要大哭一会儿，宝贵的时间就这样一点一点流逝。终于到了下午5点，司机从窗外出现，疲惫地拍了拍我。局长跑进来，告诉我可以走了。我却一点高兴劲儿都没有了，这分明就是耗到了他们的下班时间，懒得再陪我们了吧。

恰里卡尔的大街上人头攒动，西斜的阳光照耀着街上的土屋，反光晃得人眼晕。拉马赞跑过来迎接我，说他们接到第一个电话以后，就再也找不到我们了，在这边打听了一整天。日头还高，我仍然抱着一线希望，问拉马赞现在能不能再去巴米扬。话说了一半我自己就后悔了，因为拉马赞脸上露出了难以置信的表情，大概是觉得玩兴像我这么大的人真是不多见。他强行把我拉到车里，说我们必须返回喀布尔，当地警察局已经不允许他们的车再去巴米扬了，最近很多天内都不行。我试图让他们再去一次贝格拉姆遗址，当然也是不可能的。然而我实在不愿意这一天什么都没干，那样我可能真的会崩溃。所以在车离开了恰里卡尔十几分钟后，我突然发现，可以去一下喀布尔北郊的伊斯塔利夫村，虽然本来不在我的计划之内，但这是今天唯一还可能抢救一下的地方了。

拉马赞终于同意，车子从主路向西攀上高坡，太阳擦着山头之时，我们终于来到了伊斯塔利夫南面、隔沟相望的平台上。西面的山下已经落入阴影，土黄色的村子包围在绿色之中，刚好处在光影的交界线上。村落的东边是富饶的索马里平原，黄绿的色块绵延到朦胧的远山之下。伊斯塔利夫是个传统的制陶小村，我本来以为可以在村子里拍拍作坊，现在只能远看，觉得意思也不大。平台上此时已经停满了小汽车，三三两两的喀布尔人铺好毯子，准备迎接即将到来的开斋野餐。我第一次意识到，尽管处在战乱之中，但喀布尔人也和我们一样，需要郊游、需要娱乐，并且有很多固定的场所。这却比那个村子更有意思了。

小平台上的气氛类似国内各种周末郊游型景点。平台上面生长的两排两人才能合抱的法国梧桐，让这里基本晒不到太阳；溪水从西面的山坡上淙淙而下，鸟鸣声令流水声更显静谧。道路两旁分布的不少小吃摊和小卖部，虽因斋月尚未营业，休闲的气息还是扑面而来。穿着入时的年轻人，三三两两在林子里行走，看到我的出现，都热情地向我打招呼。太阳落于山后，距离可以吃饭的时间还有三四十分钟，很多人已布置停当。几个野餐摊子都想争抢我去和他们一起吃饭，但我还要回喀布尔，只能作罢。临走之前，卖水果的小摊抓给我一两斤的桑葚，颜色有白有紫，个头也很小，看起来都是从半野生的树上一点一点费劲摘下来的。我实在不好意思要，然而白胡子的摊主老人自顾自地就开始在小溪里清洗桑葚，如同命令一般，一定

◎小平台上即将开始野餐的人群

要交给我。我吃着甜甜的桑葚，心里却是苦笑的，这一天真是开始于桑葚，又结束于桑葚。

红姐早已在旅馆里迎接我了，几盘地道的中国炒菜摆在桌子上，我还没吃就快委屈哭了。红姐说司机已经走了几十次巴米扬的陆路，从来没有过类似的事情，他们也不知道是怎么回事儿。经历了稍微放松的一个傍晚，我的心情却比在警察局里更加紧张了。明天怎么办？红姐不能带我去巴米扬了，还有什么办法？这时候，我想起了在书店认识的司机哈桑。

我给哈桑打了一个电话，表示明天想去巴米扬，他很痛快地答应了。我再三确认，我有后天清晨的喀布尔的飞机，能不能当天返回喀布尔，他也表示没有问题，而且报价比红姐的还要稍低一点，只要200美元。我心里的大石头一下落了下来，仍然约好凌晨4点出发，首先前往贝格拉姆遗址。放下电话，我终于可以平静地把饭吃完，接着就和红姐开始聊天。

红姐是个爽朗健谈的人，她知道我在伊拉克被关押的事情，对我表示理解，也愿意讲出自己的经历。不能不说，每个在这样的国家长期生活过的中国人，都是故事收集者取之不尽的宝库。那种见识，那份坚韧，是我们这些蜻蜓点水旅旅游的人望尘莫及的。红姐跟我描述了第一次去爆炸现场围观，看到周围的树上到处挂着人体残肢的情景；跟我指着旅馆的门和楼梯，重演了旅馆有重要外交接待任务时热闹的场面；还拿着自己的当地女装，讲了自己乔装打扮，去坎大哈、巴基斯坦边境谈事情的惊险，仿佛说书人一般绘声绘色，却又淡定得好像不是发生在自己身上的一般。然而讲到几年前那起入室枪杀事件，前几天才和自己打过麻将的牌友，转眼成了自己要去现场处理的残缺不全的尸体时，还是能明显感到红姐的情绪波动。不知不觉已经快11点，巨大的信息量让我感觉像度过了好几年人生。

第二天还要早起，我赶忙去睡觉，但因为兴奋，基本没睡着。3点多钟，正准备晨礼的阿里告诉我门外有人找。这两天开始的方式太像了，似乎昨天的一切都没有发生，旅程又重启了一般，而我却不知道，等待我的将是更加狗血的一天。

前页图：

贝格拉姆遗址城内的建筑遗迹

〔六〕 重访贝格拉姆

一样的黑夜，一样的路程，只是司机换成了哈桑。我侧着眼望着他，不同于拉马赞叔叔的谨小慎微，他一头长发、睡眼迷离，一路上有一搭没一搭地用蹩脚的英语开着玩笑，行动间透露着玩世不恭的样子。我到旅程最后也没有很搞懂他，在特别容易和人推心置腹的阿富汗，哈桑让人感觉永远藏着秘密，不能深交。

太阳似乎也是在行到岔路口的时候升起来的，熟悉的景色一点一点划过，我却一点拍照的心思都没有。昨天下车的村子终于掠到了车子后方，我悬起来的心才慢慢放了下来。看着手机上的定位一点一点接近贝格拉姆遗址，我祈求真主不要再制造麻烦。

地形在车子接近东山时逐渐壮阔起来，从巴米扬方向流淌来的古尔班德河出现在车子左面的平原上，辫状的河道百股周旋，流淌在田野中，好像水利未兴时的中国新疆。我忘情地拍照，感到车子一直盘旋向下，驶过大桥。古尔班德河和潘杰希尔河在桥下交汇，整个西面的河网，从望不到边的宽度突然汇流；向东看去，一条大江在阳光下波光粼粼。我突然发觉，参观遗址好像不需要过河啊？赶快回头，见河道南岸恰恰有一高台，上有驻军的围墙，卫星定位一查，那就是贝格拉姆遗址了。这座城市居高临下，百川汇流的形势，不到现场很难理解。我赶紧让司机退回桥南，进入遗址内部。

从卫星图上看，贝格拉姆大致分为内外两座城，内城在北，面积很小，是东西宽大约250米的椭圆形，也被称为北城、旧王城；外城在南面包绕内城，规模较大，东西宽约600米，南北长约800米，是朝向很正的长方形，也被称为南城、新王城。外城只有南部比较明显，南城墙基本全部保存，马面依稀可见，而东西城墙向北延伸100米就消失不见了；内外城中间的城市可能被破坏了，现在只存在一些农田。卫星图上看不太出城市的地形，当车开到南城墙附近时北望，能看到内城地势很低，仿佛探入河中，也即外城、内城、河道形成了三重阶梯的地形，非常险要。

小车绕过城南的村子，开到城墙下，我一眼就看到了城西南角有个军营，心里暗叫不好。于是赶快让司机继续往前开到东边城墙外，尽量避开军人。

经历了两千年的剥蚀，这里的城墙已经成缓坡状。阳光在东北方向，南城墙大体昏暗，只有马面凸起部分被照亮，因而更为明显；而东城墙迎着日光向北延伸，扎进绿色的农田中，明暗的交界让不高的城池更显苍凉。贝格拉姆曾是烜赫一时的贵霜王国的首都，为都期间，也是帝国最为强盛的时期。喀布尔国家博物馆内，数量最多、价值最高的藏品，一方面来自席巴尔甘著名的蒂拉丘地（Tillya Tape），另一些就出自贝格拉姆城。遗物主要出自

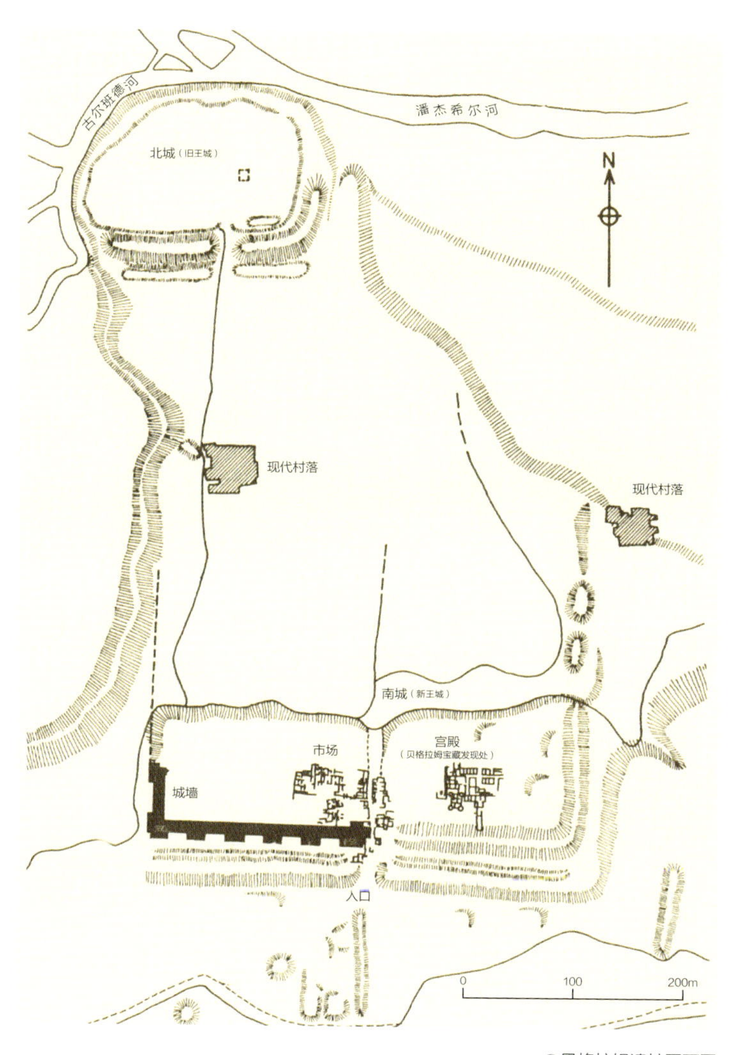
古尔班德河
潘杰希尔河
北城（旧王城）
N
现代村落
现代村落
南城（新王城）
宫殿
（贝格拉姆宝藏发现处）
市场
城墙
入口
0
100
200m

◎贝格拉姆遗址平面图

◎贝格拉姆城遗址南墙

◎在南墙上向东望

外城东南角的两处封闭的房屋内，打开封锁的砖墙，里面满满登登是来自印度、欧洲乃至中国的象牙雕刻、玻璃制品、青铜塑像、漆器等数以万计希腊化后期的艺术品。伫立墙下，我给远在北京的邵学成博士发了微信，告诉他我终于来到这里。邵博士回复，说我可能是阿富汗战乱后第一个到达这里的有考古学背景的外国人。这里还是玄奘法师1400年前站立过的土地，《大唐西域记》中写道：

> 迦毕试国周四千余里。北背雪山，三垂黑岭。国大都城周十余里。宜谷麦，多果木。出善马、郁金香。异方奇货，多聚此国。气序风寒，人性暴犷，言辞鄙亵，婚姻杂乱。文字大同睹货逻国，习俗语言，风教颇异。服用毛氎，衣兼皮褐。货用金钱、银钱及小铜钱，规矩模样，异于诸国。

如今虽然繁华散尽，但我作为一个中国人能和法师对望，那种感觉非常奇妙。

因为军营的原因，凭吊之后，我鼓起很大勇气才飞速登上城墙，以迅雷不及掩耳的速度对着城内建筑基址、城北河道狂摁相机。城上的视野实在太好了，军营里立刻就有人大喊着跑了出来，隔着一里地用枪指着我。我赶忙跟他招手示意，然后举着双手向他走去。军人凶神恶煞，感觉随时都会开枪，我吓得两腿直打战，但还是尽量微笑着以正常速度往前走。有了头一天的事故，我当时真是心如死灰，这里看起来敏感得多，昨天尚且扣了一天，今天八成又要折了。

哈桑的表情毫无波动。他两手揣在兜里，一摇一晃地走着，见到军人，熟练地递烟、拍肩，示意我跟着去屋子里接受询问。那里有四五个人，都刚刚醒来没穿好衣服，看见我之后都坐了起来。为首的军人没有持枪的那么严肃，看了我的证件、相片之后，让我把相片删掉，气氛就松弛了下来。回国以后，我也把照片恢复了。哈桑的英语其实很差，连聊带翻译半个小时，军官又写了好多东西，还是没有让我走的意思。我渐渐觉得气氛又不对了，担心发生误解，就想赶快尝试着给喀布尔国家博物馆打一个电话。

在出发之前，我就和博物馆联系过，表明了自己的身份，他们也许还记得。但是当时还不到早上6点，感觉很难有人接听。然而电话那端几秒钟之内就传来了刚睡醒的声音，我立刻跟他说明了现在危急的情况，电话就被传递到了一位法国人手上。他对我跑到了贝格拉姆遗址表示非常震惊，说这个遗址现在是敏感的军管区，连博物馆的人都很难进入，可能要出大事儿。我听得浑身都快凉透了，颤抖着把电话交给军官，让他们对话。几分钟下来，军官似乎真的相信了我考古专业学生的身份，脸上露出苦笑。哈桑再次给屋里所有人递烟，几番沟通之后，拉着我打开大门和他们告别。临走之前，他和一个士兵使了个眼色，士兵立刻跟了出来。哈桑对我耳语，问我还想不想拍照，说拿出500尼（大约人民币50元）贿赂士兵就能再拍几张。

我赶紧给钱后，哈桑就把我拉到一个墙基的隐蔽处，示意士兵望风，让我开拍。事后我才知道，这处城市东南角的墙基，十分接近当年封锁贝格拉姆宝藏的屋子。结束之后，哈桑从另一个兜里掏出了钱交给士兵，两人都非常高兴，我也被哈桑的谈判能力折服。后面每次遇到类似的情况，基本都能被他这样化解，如果还是头一天那几个老实的哈扎拉人，恐怕又要出问题。但他也在这样的过程中克扣了我很多钱，并且变得越来越贪婪。

前页图：

◎巴米扬东大佛

〔七〕 朝圣巴米扬

汽车离开贝格拉姆，西行到省会恰里卡尔，继续向北，就到了前往巴米扬的山谷口。古尔班德河从山谷里奔腾而出，有几处村落在山腰的高台上。这段在很多人的文章里遍布塔利班的山谷，其实算是阿富汗最为安全的陆路段落。山谷时宽时窄，窄的部分仅容河流通过，公路要移到山上；宽的部分河流回转，农田平旷，春小麦即将收获，褐色的山体、金黄的田地、翠绿的树木、灰蓝色的河流和其中劳作的星星点点的农夫，构成油画一般的景象。河谷中的房子基本都是土坯，外观古朴，环境和谐。因为发展迟缓，阿富汗可能是整个中亚伊朗地区古村落最多的地区，如果未来形势好转，光开发村落旅游，就可独树一帜。前往巴米扬的公路也修建得非常好，超过了很多南亚、东南亚国家，这是我出发之前所没想到的。

进入山谷后大概两个半小时，车子盘旋上一个不大的垭口，就进入了巴米扬省。海拔逐渐升高，山坡上几乎没有任何植物，雪山在道路尽头遥遥出现；身穿蓝色布卡（burqa）的女性也大幅减少，这里已经进入了阿富汗相对世俗的哈扎拉人的分布区。车行一小时后，山谷逐渐变得宽阔，道路两旁的农田中，种植着大量土豆，其间不时出

◎前往巴米扬路上的村落与农夫

◎前往巴米扬路上的垭口

◎前往巴米扬路上的城堡

现小巧的堡垒。没过多久，山谷突然开展成广阔的平地，巨大的佛龛出现在道路右侧陡直的崖壁上——我兴奋地大叫起来，时隔三年，我最终来到了巴米扬！从喀布尔到这里，大约经过200公里，开了五个小时。

首先看到的是较小的东大佛，崖壁基本朝正南，盛夏正午的阳光很高，把砂岩的崖壁照出层层纹理。大佛高38米，佛龛约到山崖之半，周围都是密密麻麻的小龛，大约有三四行，最高的小龛到大佛头顶。小龛多有廊庑或者前后室构造，内部很深，远望仿佛100年前未曾开始保护的敦煌莫高窟，所有的窟口都是洞开的。去往西大佛的路上，经过了大量残破的土坯墙，这里本来是巴米扬的旧街道。在巴米扬尚有旅游业的时候，沿街商铺衬着大佛，是非常有特色的景观。在2001年塔利班摧毁佛像之时，旧街也一块被摧毁。

景区的入口设在西大佛旁边，我正欲下去买票，被哈桑制止，他向我要了1000尼（大约人民币100元），帮我去买票。后来才知道，实际门票才200尼，多出的钱又被他偷偷拿走了。随门票赠送的，还有一本介绍石窟的小册子。文管员热情地接待了我们，但他一句英语也不会说，唯一的作用，只是打开东大佛两侧的窟门——这是巴米扬现存最精华的部分，而其他石窟，基本都可以不需门票随意攀爬。

西大佛的佛龛非常壮观，高约55米，几乎到达崖壁顶部。由于塔利班炸毁大佛时，也将周围的崖壁炸酥，其内部现在撑满了脚手架。大佛几乎荡然无存，只有两只脚勉强留了下来。走进佛龛，发现脚和崖壁是分离的，朝拜者可以绕佛脚一周，来之前不曾想到是这种格局。佛脚东西各有一座圆形石窟，窟内尚有多层石雕的穹顶佛龛，保存尚属完好。

离开西大佛，我们又参观了石窟南侧的库房，库房里都是大佛被炸后塌落的碎渣，大者如小汽车，小的不计其数，因为都是粗糙的沙砾岩质地，只有很少数能辨认出花纹。日本学者曾经想通过这些碎块复建大佛，估计看到这些实物，也只好放弃了吧。从西大佛向东走，沿途我爬了很多相对比较好到达的石窟，大部分内部都是素面。巴米扬主崖壁有700多个窟室，过去也只有40多个有壁画，没有图案信息的占大多数。行至东大佛，由于西侧的崖壁略微朝东，回望那边就已经照不到太阳了。

近距离观看，东大佛虽然个头较小，却令人惊喜地没有被全部摧毁，观赏性要强一些。大佛右臂的衣纹和部分脸颊、耳朵还可以辨认，依稀可以想象玄奘当年面对这里的景象，“伽蓝东有石释迦佛立像，高百余尺，分身别铸，总合成立”。文管员打开的大佛佛龛外西侧小门，我以为只是一个小窟的入口，其实通向一个新世界，礼佛路径从这里盘旋向上、越过大佛头顶，然后从大佛东面下降、一个对称的小门出来。因而这尊大佛不仅可以从横向平面环绕，还可以在纵向画圈，沿途路线连接了几十座最为精彩的小型石窟，设计之精妙令人叹服。

◎巴米扬西大佛

钻入山体之前，很难想象内部结构有那么复杂。巴米扬石窟在构造上和国内的莫高窟、麦积山石窟等的很大不同，可能就在于其不依靠木栈道使人爬向更高的石窟，而主要使用山体内部雕凿的台阶。台阶非常狭窄，仅容一人通过而又遍布支巷，沿着支巷探索几层，经常就会忘记如何退回起点。文管员和哈桑都没进来，只有我一个人在里面像无头苍蝇一样乱钻，尽可能探遍了所有能到达的地方。这些小石窟是让人欣慰的，塔利班并没有把它们全部摧毁，有七八个石窟内部还能看到斑驳的壁画，很多还能识别出佛像的轮廓。保存最好的一个石窟，还有一些灰泥浮塑的图案，非常精美。经历了半个小时，我终于爬到了大佛的头顶之上。

从佛顶向南望去，巴米扬的风景尽收眼底，各式各样的窟龛好像画框一般，增加了景色的多样性。巴米扬的海拔已经到了2400米，虽然是最热的下午两点，然而窟外寒风拂面，四五座雪峰遥遥相望，更增清凉。翠绿的田地从石窟下一直延伸到雪山的山脚，纵深有三四公里。如此巨大的平地，在兴都库什山脉的内部算是非常罕见，也是巴米扬千百年来富庶的基础。田地之中，挺拔的白杨树林分割界限，巴米扬城区和周边的土坯村落点缀在树林中，疏疏朗朗，和新疆伊犁的景色非常接近。因为后面还要赶往班达米尔（Band-e-Amir）湖，我不敢在这里过多停留，两点半左右，我回到哈桑的车上，准备出发。

◎巴米扬东大佛头部

◎东大佛处残存的石窟内饰和壁画

前页图：
◎班达米尔湖日落

〔八〕 存憾班达米尔

班达米尔湖距离巴米扬有70多公里，路况很好，开车大约一个小时就能到达。我计划着3点半左右到湖边，玩两个小时，再经过六个小时开回喀布尔，这样12点之前应该就能回去了。时间紧迫，我计划放弃巴米扬城东南的焦古拉（Ghulghulah）城堡，因为攀爬它需要太长时间，但是去班达米尔的路上，佐哈克（Zuhak）城堡就在路边，也许还可以顺便看一下。这两座城堡都是和巴米扬大佛同时代始建的重要遗存，也是巴米扬山谷这一世界遗产的组成部分。然而哈桑在石窟边鼓捣了半个小时，车大概就走了500米，最后他说车坏了，要去巴米扬城里修一下。我问他，那还来得及回到喀布尔吗？他说怎么可能，这段路到傍晚以后，可能有塔利班出没，当天晚上必须住在巴米扬。我一下子蒙了，反问前一天不是说好的当天可以往返吗？他却矢口否认，说任何人都不可能做出这种承诺。我努力平复了想打人的冲动，开始考虑有什么解决方案，车子在这时也开到了修车铺里。

哈桑告诉我半个小时之内就能修好，我刚好可以去街上转转，顺便研究一下怎么回喀布尔。虽然巴米扬是省会，但就只有一条一公里多长的街道，街面非常宽阔，房屋最高不过两层，由于高原暴晒，沿街房子都设计成类似广东、广西的骑楼形式。街上行人和喀布尔人的长相显然不同，他们绝大多数都是哈扎拉人，长得和中国人比较相似，是什叶派穆斯林，对于身着传统服装的我，态度格外热情。一位身着西服的小伙儿会说英语，兴奋地凑到我跟前，捏着我的衣服说，这衣服太好了，穿着比他还像本地人。而我脑子里除了逛街，还想打听一下有没有可能乘坐公共交通去往喀布尔，或者放弃喀布尔到恰赫恰兰的飞机，直接从巴米扬走陆路去恰赫恰兰。我和小伙儿说了我的想法，他一口答应帮我去找车。

我跟着他边逛街边找车，体验着哈扎拉聚居区与众不同的民风。在极端保守的阿富汗，这里的姑娘却几乎没人身着布卡，在路上擦肩走过，甚至会点头致我以微笑——要知道在阿富汗的大部分时候，我若是在狭窄的空间迎面遇到姑娘，对方是很可能因为错开的空间不够而掉头换路的。我们走到了街道的最西头，很多小面包车塞满了道路，显然就是汽车站了。

小伙儿和我都在问有没有返回喀布尔的车，我甚至计划如果有车就抛下哈桑，放弃班达米尔湖直接回去了，因为贾姆宣礼塔才是我此次旅行的重中之重。然而我得到的答案和之前一样，回喀布尔的夜路太危险，最早到清晨3点才有车，肯定赶不上我6点半的飞机。另外还有一个好消息，就是有很多车前往巴米扬西侧大约100公里的亚阔朗（Yakawlang），直到晚上9点还有，至于亚阔朗有没有

◎焦古拉城堡下的修车铺

◎巴米扬的街道

车去恰赫恰兰乃至贾姆古尔，却没有人能回答，不过他们都觉得可以去那里碰碰运气。我甚至询问有没有人愿意包车直接去恰赫恰兰，但他们都觉得路途太过遥远，虽然只有300公里，单程却要大约15小时，如果我晚上9点从巴米扬出发，中午12点才能到达。后来看到了恰赫恰兰去贾姆宣礼塔的路况，我十分庆幸当时没有车愿意拉我，因为一个下午根本不足以往返恰赫恰兰和宣礼塔，有可能花了一大笔钱，最终还是不能成行。

我觉得车应该修好了，等回去一看，车前盖都还没打开！哈桑在旁边的屋子里躺着，睡眼惺忪地说零件不够，店员去买了，买回来立刻就能走。我一听就火了，宝贵的时间在白白流逝，而司机嘴里一点谱都没有。有围观群众过来，说他可以拉我去班达米尔，往返只要2000尼（人民币200元）。我正准备去，哈桑立刻就从床上跑出屋子，希望我不要跟别的车走，他的车马上就能修好。对于这个不明来路的司机，我心里还是有点忌惮；另外我的包还在哈桑的车上，他似乎不愿意给我，我也懒得掰扯。我最终还是决定继续等待，这真是当天的一大失误。

我百无聊赖地坐在修车铺里，焦古拉城堡就在正南方两公里处，上面房屋的遗址清晰可见。我犹豫了很多次要不要用这个时间爬一下，但考虑到车随时可能开走，还是没敢去。就这样，在爬山、坐别人车、等修车的几重犹豫中，我硬生生在这里等了两个小时，什么都没干。最终，我两个城堡都没有看到，也没有玩成班达米尔湖。

到了5点钟，车终于修好了，我也被磨得没了脾气，一句话都不想说，感觉看湖也已经来不及了。出巴米扬城，从石窟延续向西的崖壁仍有许多窟龛，仔细一看，里面竟然住了很多人，几乎形成了村落。我一直注视着窗外，希望在佐哈克城堡附近停一下，却始终没有找到。后来看卫星图，可能是城堡紧贴路边，位置又太高，不下车根本看不到。路况始终很好，车速达到100公里/时，我心情稍微好了一些，觉得或许还能赶上。海拔也在察觉不到的情况下缓缓变高，半小时过后，窗外一点农田也没有了，变成了戈壁一样的景观，但戈壁上却疏朗地铺满了数以万计将近一米高的开穗状黄花的植物，蔚为壮观。我赶忙让哈桑停车近看，原来是百合科独尾草属的花。它们随着山势蔓延，在夕阳中拖着长长的影子，非常具有层次感。看了一下手机定位的海拔，将近3000米，远方的雪山感觉都快跟我站的地方平齐了。

车头一直向西，阳光晃得人睁不开眼，从卫星定位上看，班达米尔湖已经在车子正北，但我不知道要从什么地方靠近湖面，反正听凭哈桑的安排吧。没想到哈桑在问路之后，竟然掉头了！我又一次要爆发，时间本来就不够了，居然连具体线路都搞不清，还制止我去坐别人的车！幸好只往回开了七八分钟，车子从路北的一条土路向下开去。

大概开了十几分钟，深蓝色的湖面在远方的地缝中出现了。班达米尔湖是典型的断陷湖，由于巴尔赫（Balkh）

◎去往巴米扬路上的独尾草

河的上游被自然坝截流，沿着断陷就形成了六七个长条形的湖泊。湖泊所在的灰岩山体让湖水异常清澈，并在湖岸形成陡峭而成层的钙华沉积，独具特色。此湖被当地哈扎拉人奉为圣湖，阿富汗政府也将其辟为国家公园，列入世界自然遗产预备名单。在驴友圈里，这是阿富汗最负盛名的旅游景点，甚至超过了巴米扬；寸草不生的浅黄色崖壁和蔚蓝如青金石一般的湖水，极具视觉冲击力。对于阿富汗当地人，这里也是难得的放松场所，民宿、小卖部、游船和烧烤摊这些国内旅游景点的标准设施这里也应有尽有。然而，现在距离日落只有一个小时，湖面比周边山体低陷太多，日光已经照不到了，全然没有网络照片上那种让人难以置信的蓝色。那一刻，悔恨、生气、埋怨一并袭来，胸中好像堵了一块大石头那样憋闷。更让人讨厌的是，哈桑又不知道后面的路怎么开了，眼看时间紧急，如果真等他问好路到了湖边，真是什么也不用看了。我便只好下车，在这草甸上走走，随便看看罢了。

我现在的位置是最东侧一个小湖的尽头，近山挡住了西面的湖体。我拼命向前奔跑，想看看班达米尔湖主体的样子。海拔将近3000米，跑起来很是吃力。翻过一座山头，我终于看不见哈桑的车子，狂风呼啸，天地间仿佛只有我一人。在湖南侧的崖壁上方，最后一抹日光还照耀在湖上，那个蓝色与周围的阴影完全不同，但只持续两分钟就消失了。太阳只有两指高，我坐在湖岸上，看阴影一点一点吞噬周围的山体，摸着砂石上已经枯黄的稀稀落落的草，内心涌起一股凄凉：班达米尔湖没有看到，巴米扬山谷的其他城堡也只能放弃，已经花了400多美元，却好像什么事都没干，连今天晚上怎么办都还不知道；后面的航班一班接着一班，一步赶不上就要全程放弃，我感到自己的全部行程都要被毁掉了。我唱着《长生殿·闻铃》里的段落，“万里巡行，多少凄凉途路情，看云山重叠处，似我乱愁交并”，声音在山谷间回荡，便不由滚下泪来。日光没于山后，刺骨的寒冷随之袭来。我收拾好心情走回哈桑的车，准备迎接接下来的烂摊子。

前页图：
我与鲁胡拉等一众朋友合影

〔九〕 惊魂巴米扬归程

回到巴米扬，城里几乎一点灯光都没有，我连来时的街道都找不见了。哈桑带着我找旅馆，我却一心想找机会摆脱他。他还是和前面一样耍小聪明，到旅馆门口以后不让我下车，自己去谈价，然后跟我说一个让人难以置信的虚高价格，像耍傻子一样。到第三家旅馆的时候，我一定要自己跑去谈，终于是正常价格。但他竟然说不愿意跟我住一间，必须要两个单人间，随后我看他和店员说了什么，结果一个单人间的价格几乎和双人间差不多。我积累了一天的怒气终于爆发了，指着他的鼻子发火，全旅馆的人几乎都跑下来看热闹。然后我说，你自己住这儿吧，我走了，就拿起我的包跑进黑暗里。哈桑和其他人一时没反应过来，等他们追我时，我早就不见踪影，伸手不见五指的夜里，没人能看出我是个外国人。

凭记忆走回巴米扬的街上，手机开始疯狂振动，我索性就关机了。街上还有零星的几个摊位，还不如遍布星星的天空亮。我跑到街西头的汽车站，犹豫了一下，最终没有上亚阔朗的车，但也确实没人愿意回喀布尔。我感觉自己都有点疯癫了，在街上遇到一个人，就问他现在有没有办法去喀布尔，大概问了20多个人，一直问到街东头。都快10点钟了，我几乎就要放弃，最后又看见一家餐馆，里面还有几个人，就想去碰碰运气。

我带着哭腔问饭店老板，有没有办法回喀布尔。饭店里正在和人打牌的哈扎拉人鲁胡拉听到我的话，放下了手里的东西，过来问我刚才说了什么。我一字一顿地说，我要去喀布尔，要赶明天早上6点钟的飞机。他脸上露出了不可思议的表情，说这条路真的很危险，没有必要为了这趟飞机冒这个险。我觉得真的是没希望了，又不觉掉下眼泪。鲁胡拉拍拍我，问我吃饭了没有，我也确实饿了一天。他跟老板点了一大盘抓饭，一边看着我吃饭，一边讨论这件事。

鲁胡拉说，他是和几个朋友一起来巴米扬玩的，本来准备明天一大早回去。这段路晚上有塔利班出没，塔吉克人和普什图人通过没有太大问题，但他们是什叶派的哈扎拉人，遇到塔利班后很可能有麻烦，他需要和朋友商量一下。一通电话过后，他的几个朋友都过来了，一边劝我放弃这个打算，一边陷入激烈的讨论。最后他们的司机，一个留着披肩卷发，外形有点像腾格尔的小伙儿跟我说，如果我一定、一定要回去，他们愿意跟我承担这个风险，但希望我能给150美元的车费。事到如今，也只能这样了。

我把自己的性命完全托付了出去，先随他们到了离城区大概三四公里的一个小村庄，他们说在这儿稍微歇一会儿再出发。这是一幢非常大的房子，里面铺着华丽的地毯，干干净净，但除了电视，几乎一件家电都没有。朋友们席地而坐，开始边看电视边抽起水烟来。我感觉自己又受骗了，已经晚上11点，离飞机起飞只有不到八个小时，赶忙问司机到底什么时候能出发。他说路上现在仍然危险，后半夜塔利班活动会减少，最早只能1点半出发，用最快的速度开过去。因为喀布尔机场安检非常烦琐，6点半的飞机，5点半应该要到机场门口，这样算起来，就只有4个小时的路上时间了。我始终觉得来不及，但司机一口咬定不会有任何问题，如果赶不到，他倒找我150美元。我只能将信将疑地答应下来。

鲁胡拉的团队共有五个人，因为我的到来，他们显得非常兴奋，在屋子里抽完水烟后载歌载舞。房东应该是他们的朋友，巴米扬的当地人，拿出了很多小零食给我吃。我至今也不知道他的房子为什么是这个构造，除了一台可能有50英寸的平板电视，屋子里就只有地毯和很多收拾得整整齐齐的床铺——没准这儿是当地专门接客的民宿。到了12点，鲁胡拉建议我们休息一会儿，大家伙就都盖着被子睡着了。月亮升了起来，斜斜地照在地毯上，我当然一点也睡不着，痴痴地看着地毯上的毛。两天的遭遇给了我强烈的不真实感，我甚至有点希望再一次睁开眼睛，这月光是照耀在我学校的宿舍里。

眼看要到一点半了，大家还是没有要醒来的意思。我心里着急起来，毕竟对于中亚中东人的时间观念很难抱太大的希望。突然一阵闹铃响起，大家迅速站起身来，我才发现所有人都没脱衣服。鲁胡拉把我拉起来，最终大家在

10分钟之内就出发了。

我和三个人一起挤在后座上，这当然是出于安全考虑。车里的空间极度狭窄，另外三个人都尽量缩起来以给我让出更大地方。阿富汗山区的夜黑得没有一丝人迹，路上几乎没有会车，没有超车，我们放着当地的音乐在山路盘旋，好像沦亡在黑色的海洋里。我取出手机定位，想看看到了哪里，这才发现走了让很多人闻之色变的巴米扬南线。时间上倒是有了些把握，而司机可能也是因为要利用后半夜赶到机场，才会选择这条线路的。

我们的车在山区全程大概也就四五次会车，第三次会车时，迎面开来的车主动停下来，跟司机说了一句话。司机听后脸色大变，说前面路上刚刚有塔利班活动。我们不能再走了，就找了路边一个空地停了下来。后座上的几个人赶忙下车，让我趴在地上，他们三个再坐进去，用腿遮住我。气氛万分紧张，我问司机大概什么时候能走，是否还能赶上飞机。司机说话有点颤抖，说别想什么飞机了，能平安到达喀布尔就谢天谢地了。我一向比较心大，以前虽然被军队扣押过很多次，甚至持续很多天，但从来没有过性命的威胁，而这次我真的感到发自心底的害怕——因为连当地人都不知道，即将迎接我们的是什么。

我趴在地上，一声都不敢出。四周死一样寂静，只能听到喘息声，我不知道这样的等待还要持续多久。半小时后，司机从外面跑回来，说新来的车报告没看见塔利班，可以走了，但稳妥起见，还是让我再趴一会儿。我的心算是放下来一半，又在考虑有没有可能按时到达机场了。

通过了最危险的路段，司机让我钻出来坐好，明显感觉他开得更快了，在山路上开出80公里/时的时速，应该是想把损失的半小时追回来。到了将近5点，我们终于到达了南线和喀布尔-坎大哈主干道的交汇处——迈丹沙赫尔城。“现在已经完全没有危险啦！”司机大舒了一口气，我们六个人也跟着欢呼起来。

我这会儿才算是困极了，沉沉睡去。马上到达机场时，周围人把我摇醒，已经5点50了，离起飞只有40分钟。司机露出小孩子完成任务一般的喜悦，和我使劲儿拥抱了一下，我赶忙就往安检口跑去。喀布尔机场有令人闻之色变的四五道安检，乘客在1公里外就要下车徒步，经过连续三四个几乎一模一样的搜包检查——没有人知道为什么要进行这么多次。我手持机票，满头大汗地给安检员指着上面的时间，他们也看出了急迫性，周围的其他旅客见状也让开道路，让我快速进去。最终在起飞前20分钟，我赶上了换登机牌。巴米扬的惊魂一夜，总算告一段落。

前页图：

◎飞越兴都库什山脉

〔十〕 恰赫恰兰奇遇

飞往恰赫恰兰的航线由萨博340B飞机执飞，这是一款螺旋桨飞机，也是我坐过的最小的飞机，一排只有三个座位，坐不到40个人。即使是这样，飞机上座率也只有一半，可见阿富汗居民在恰赫恰兰方向的出行需求真的不大。我选了最后一排右边靠窗的位置，方便拍照。

飞机起飞后，绕着喀布尔盘旋了20分钟——之后我坐的每一个支线飞机都是如此；而我在这样的多次盘旋中，几乎完全搞清了喀布尔的城市构造。之后，机头拨转正西，正式开始向恰赫恰兰飞行。由于是小飞机，飞行高度一直很低，当波浪一般的兴都库什山出现时，感觉飞机就比山头高了几百米，山尖上的残雪触手可及。这是我唯一一次这么直观地感受兴都库什山的荒芜，褐色的山头上几乎看不到植物的颜色，只有错综复杂的冲沟，偶尔出现的绿色河谷如丝线一般盘绕在群山里，河边有时点缀着一两个和山体一样颜色的村落。一个小时后，山势稍微平缓了一些，飞机开始下降，大量的土坯房子出现在北面的山坡上。我还没反应过来，飞机就重重地落地了，机舱里响起了热烈的掌声——这在阿富汗国内航班中相当常见，也许是因为大家打心底里觉得飞行不是很保险吧。航站楼像个火柴盒子一样，大概只有10米宽。我被这个省会的破落先吓了一跳。

飞机从跑道上拐下来就停稳了，大家自行走去航站楼。到停车场以后，竟然一个拉客的人都没有，我晃神的工夫，同机下来的乘客就都不在了。我只好返回航站楼问柜台的人怎么去找出租车，他们说自己向西走就行了。

后来看卫星图我才知道，恰赫恰兰机场可能是全世界离城区最近的机场之一。机场位于哈里河北岸，主城区位于南岸，跑道西头和城区隔河相望只有100米远，航站楼离城区也就1公里，而恰赫恰兰城区的最大长度也不过两公里：因而在这座城市进行任何活动，基本都不需要出租车，所以我根本找不到。当时，不知道这个情况的我，在机场溜溜达达没走出500米，机场路口的岗哨迎面跑过来一个士兵，眼神里满是惊讶，让我出示证件。我望天长叹，刚渡过一劫，这怕是又要遇到麻烦了。

这么小的城市里冷不丁出现一个外国人，可能实在太过古怪，尤其是这个外国人还没有人来接。士兵问我要去哪里，我打开手机，给他看贾姆宣礼塔的图片，指了指宣礼塔，又指了指城区说“Taxi”。他点了点头，大约觉得这个解释还算合理，接着开始打电话，可能是在联系长官。我的手机从昨天晚上离开哈桑以后就一直关机，开机之后，一下子就收到了三四十条未接来电的提醒，大部分是哈桑在昨天晚上打的，也有书店老板今天早上打的。我正准备仔细看的时候，书店老板又打来一个电话，刚接起来，他就劈头盖脸地问我去哪儿了。我说我到恰赫恰兰了。老板没搭理，只说我还欠哈桑200美元，希望回去以后能付清。我一听就火了，心想他一路坑蒙拐骗，不要他倒找钱就不错了，竟然还要我再付钱。士兵挂了电话，疑惑地看着我一脸愤怒地咆哮。我赶忙收敛了一下，怕他怀疑我有其他问题。

书店老板电话里告诉我，原来说好的是一天200美元，现在他第二天才能返回，所以一共要400美元。我气得差点把手机摔在地上，几乎是咬牙切齿地说，之前说好了一共200美元当天往返，他当天往返不了已经违约，竟然还要收违约导致的新消费，绝无可能。书店老板表示要和哈桑好好谈谈，这才挂掉了电话。

我气得汗毛都立起来了，这时一辆军车开了过来，我稀里糊涂就被抓走了，正在气头上的我连要被抓去哪儿都懒得问。

一路上，书店老板和哈桑又发来短信，我被叨扰得烦极了。车子停在军营门口，我还在不断发短信，急得满头大汗。最终书店老板表示，相信我们有那样的约定，也觉得往返400美元的价格确实不是很合理，但他无法说服哈桑，所以只能帮我把剩下的200美元给他。我一时不知道是该感动还是该叹气。

军营里的士兵都好奇地围过来看着我，问我从哪儿过来，到恰赫恰兰做什么。在跟他们解释的过程中，气氛逐渐融洽起来，但我心里仍然着急，不知道他们在等什么。大约一个小时后，已经早上9点，营房外停下一辆车，一位长官从车里走了出来，示意我和他进屋里说话。从他们的态度上，我感到事情似乎不是太糟。

长官的英语不错，一开始依旧是抄录护照的信息，然后例行问话，问我哪国人，到阿富汗干什么，之前去了哪里，记录了一页又一页纸。好在这次问话比上次要短多了，因为一开始的氛围就是信任的。随后长官问我为何要去贾姆宣礼塔，我说这是我在阿富汗最想去的地方之一，刚才就想去找出租车。他说这段路特别远，而且路上比较危险，不能放我去。我一听就着急了，刚才接电话的委屈也一并袭来，几乎哭了起来。我说贾姆宣礼塔就是我这次来阿富汗的原因，这里一周就两班飞机，我所有行程都是围绕航班安排的，为了赶上这个航班，昨天晚上有多么不容易。然而长官只是面带微笑地注视着我，不发一词。我又说我完全可以自己找车过去，风险自负，他们愿意的话，帮我开个手续就行。看着我窘迫的样子，长官的脸上突然就展开笑意，最后放声哈哈大笑起来，他说不能放我自己去，但他们带我就可以了啊。我被这突然的惊喜搞蒙了。他跟身边的人耳语了一下，让我在院子里等等，车来了就出发。

营房里的士兵现在都站在外面了，知道我没吃早饭，还给我拿来了红茶和点心。大概等了半个小时，两辆皮卡车开了进来，两个蒙面的士兵跳到车斗里，架起了冲锋枪，长官招呼我赶快上车，随后五六个士兵也拿着枪跳到车里。长官微笑着和我招了招手，车就开走了。我被这个阵势吓到了，如果真是送我去宣礼塔，需要出动这么多兵力吗？

◎准备送我出发的长官

前页图：

◎从附近山上远看贾姆宣礼塔

〔十一〕 圆梦贾姆宣礼塔

出发时是上午10点钟，只用了5分钟时间，车子就离开了省会，开到了蜿蜒的河谷里。同喀布尔周边完善的公路系统不同，这里刚一出城就变成了土路。哈里河的河水，因为清澈而显得颜色并不真实，好像半透明的青玉。贾姆塔和恰赫恰兰同在哈里河边，我以为车子会一直顺河向西，但它很快就向西北方向驶离了河道，走上了一条几乎看不见道路形状的在卫星图上没有的小径。从这时开始，我全程没有看到其他任何一辆车。看着离正常路线越来越远，我当时很害怕，担心士兵们不是要带我去看塔，而是到一个荒郊野外的监狱把我关押起来。后来看塔利班分布图才知道，恰赫恰兰向西不远，干道就被塔利班控制，一直囊括到宣礼塔所在的位置；向北绕行可以避开这片区域，最终从塔利班统治区域的最窄处自北向南扎向宣礼塔，从而最大限度减短在塔利班控制区的停留时间。但这个绕行道路真是太艰险了，车速大约只有20公里/时，士兵的枪口颠着颠着就会朝向我，我赶忙得把它拨开。扬起的灰尘能飘到几公里开外，一程往返过后，我的头发完全变成了灰色。

也正是在这绕路的过程中，我看到了既往的旅行者所

◎恰赫恰兰西侧的哈里河

◎艾马克人女性的服饰

◎去贾姆宣礼塔的路况

◎去贾姆宣礼塔路上的古村落

不曾见到的风景。曾经徒步穿行整个赫拉特到喀布尔的中央山地路线的英国人罗瑞·斯图尔特（Rory Stewart），选择了最短的沿着河谷的路线；而零星的前往宣礼塔的旅行团和散客，在以前形势相对更好的时期，会选择恰赫恰兰向西南方向的一条比河谷道路稍好的路绕行。这里山谷中的村落比巴米扬的更加原始，几乎完全看不到现代文明的痕迹，所有房子都是纯土坯建造，仿佛融化在山体里；男士的服装和外面类似，而女士的服装相对统一而极有特色，都是绿色的裤子，长及脚踝、布满白色花纹的红色头巾，很多人还使用绿色的头箍来固定头巾。相比于外面常见的布卡，这种色泽鲜艳、暴露脸部的服装，真是一道让人印象深刻的风景线。女士都深目高鼻，很像印欧血统的塔吉克人，回来查阅资料，得知这应该是阿富汗西部山区神秘的艾马克（Aimak）人。坐在我身边的军人名叫拉希德，一路和我相谈甚欢，但是他对拍摄女性还是极其忌讳，很多次我想拍摄这种服装，都被厉声制止，留下遗憾。

随着车子的行驶，我越来越感到后怕，觉得幸好没有自己来。一方面是因为检查点实在太多了，而且大部分都是拦绳的点，需要军人和检查点沟通后，松开绳子才能通过；另一方面更让人惊讶的是，车子大约行驶一小时之后，开始出现漫山遍野的罂粟花。我一开始完全不敢相信，向拉希德确认这是什么，他做出了抽烟的动作，然后表演出醉仙欲死的神情。其他的军人看见这个场面都哈哈大笑，这种笑反而让我觉得恐怖，因为这样一种植物，在

◎去贾姆宣礼塔路上的罂粟田

◎车队遇到检查点

他们眼里竟然这样稀松平常。金三角禁毒后，阿富汗成为世界上最重要的鸦片产区，我料不到竟种植得这样明目张胆。我让汽车停靠在一片巨大的罂粟田边观赏。它们是如此美丽，从粉红到紫红色的花朵，在阳光下迷乱却不乏秩序，亭亭而立蔓延到山脚下，三两儿童在其中嬉戏。然而作为毒品产区，很难想象深入其中会有怎样的利益纠葛，这可能会平添一分危险。

公路实在荒芜，启程之后的三个小时，大概只有两三次会车。之后车头拨转向南，进入了相对宽些的土路；两个小时之后，开始急速盘旋下坡，从卫星图上看，车子也离哈里河越来越近。当车子一头扎向河谷，向左拐去之时，宣礼塔的修长外观，出现在峡谷夹缝的河流尽头。军人们开始欢呼，拉希德一手拍我肩膀，一手指向前方，高喊“Jam！Jam！”我也兴奋得大叫起来。

已经下午2点，两辆车子停在河北岸的一座小房子旁边。一位老者走了出来，招呼军人们洗手洗脸，然后不知道从哪里抬出来了四五麻袋黄杏，拉希德取了一些递给我，剩下的被抬到了车子后备厢里。正是斋月期间，我避到旁边的小树林里吃杏，这真是我吃过的最好吃的品种。从军人的行为上，也能看出当地的宗教气氛确实非常保守，所有人没有喝一口水，也没有吃一口东西，我几乎已经饿得眼冒金星了，他们却还是习以为常。东西归置好之后，拉希德招呼我跟他一起，准备过河去近距离观看宣礼塔。

河上并没有桥，只有一个我走到近旁都没注意到的溜索。溜索非常简易，就是双线横跨两岸，人挂在其中一条绳子上，岸上的人不断拽动另一条绳子，就可以让人移动过去。两个身强力壮的士兵过去之后，拉希德用保护绳绑住我的腰，让我死死拽住保护绳。在哈里河近30米长的空中，花了一分钟时间我才被拽过去。这对于臂力几乎为零的我来说，真是很大的考验。滑到另一边，已经过去的军人一把把我抱住，随后所有的人都慢慢滑了过来。

缓步走到塔下，塔身花纹之精美让人晕眩。宣礼塔高68米，仅次于印度德里的顾特卜（Qutb）塔，是世界第二高宣礼塔，但其年代应该比后者稍早一些，是曾经统治阿富汗乃至中亚、南亚部分地区的古尔王朝遗存下来的最重要的建筑物。古尔王朝（1148—1215）国祚不到百年，物质遗存较少，其首都位置，目前仍然不太清楚。很多人认为，和大部分伊斯兰政权不同，古尔王朝没有将首都设在平原的大城市中，而定都在地形险峻的哈里河河谷，如今孤零零的贾姆宣礼塔，就是都城的一个重要的标志物。可以说，伊斯兰教作为一种入世的宗教，像贾姆宣礼塔这样衬着深谷，有着隐修感觉的建筑，可能独一无二。宣礼塔通体满被复杂的砖雕图案覆盖，延续了这一地区的早期装饰风格，但在塔顶部有一圈蓝色的釉砖《古兰经》经文，开启了后世大面积使用彩色釉砖的先河，有着承上启下的意义。

拉希德带着我走到塔下，说自己也是第一次来，感觉比我还要兴奋，和我各种自拍合影，其他的军人也都自拍

◎车子停在河北岸

◎溜索越过哈里河

◎宣礼塔细部

◎我与贾姆宣礼塔合影

得不亦乐乎。我们仰望着蓝天白云下的高塔，他给我念诵着塔中间部分的长段经文——这是完整的《麦尔彦章》。我努力和他比划，想要知道塔的入口在哪里，因为这座塔其实是可以攀登的，内部构造很有意思。然而他帮我问了一圈以后发现，塔北面的唯一入口已经被封死了，即使梯子仍然摆在那里，这真是很大的遗憾。接着我离开了所有人，独自到更远的地方寻找拍摄角度，在河滩上将相机摆弄了十几分钟，终于获得了一张完美的和宣礼塔的合影——独自在外使用单反相机旅游真是有很大的问题，和景点合照只能依靠路人，而阿富汗几乎没人会使用相机。

回到塔下，管理员正在急急忙忙地找我，看见我以后，让我不要动，神神秘秘地从怀里掏出一个本子。我打开一看，原来是游客留言本，管理员希望我也写一些感想。我把本子从头到尾翻了一遍，发现其中文字大部分还是用阿拉伯字母书写的，大约是普什图语，只有三四处是英语；而时间距离我最近的英语留言，是马来西亚人写的，竟然已经是5年前——这也从侧面反映了独立游客到达这里有多么艰难。我用中文刚刚开头，管理员就表情一愣，示意我应该用英语写。我说我一定要用中文，让本子上留下唯一一篇中国人的留言。写完以后，我的内心还是很自豪的。

扒着溜索回到公路边，时间还早，我看到路边的山坡上有一些建筑基址，就想上去看看。拉希德和另外一位军人为了我的安全，一定要陪同。有人认为，这就是古尔首

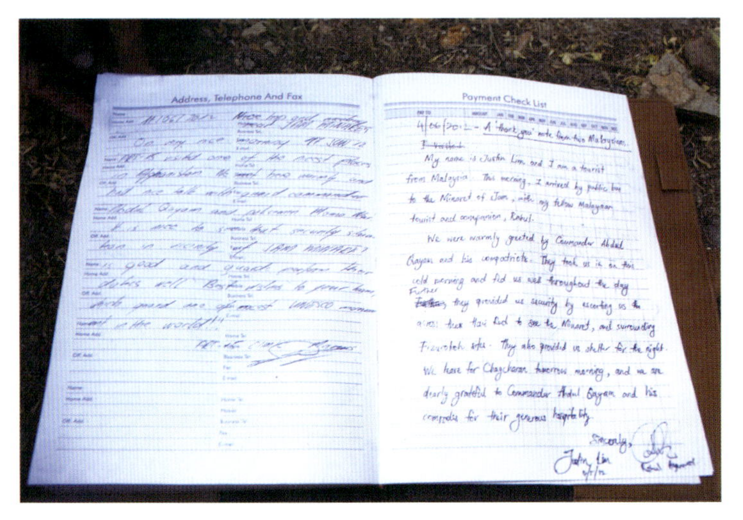

◎管理员给我的留言本

◎塔对面的古尔城遗存

都的一部分城池，也是俯瞰宣礼塔的绝佳角度。拉希德殷勤地要给我拍照，但我回去一看都被拍得歪得不得了，而他也要在宣礼塔前摆一些拿枪的造型，照出来却是非常帅气。我已经五六个小时没喝水了，快爬到山顶时，感觉一阵眩晕。我拼命指着嗓子对拉希德示意，他拿出了自己的水，我不顾一切地咚咚灌了下去，看着他不经意地舔了舔嘴唇，心里还是觉得挺不好意思的，因为毕竟是斋月。到了山下，他赶忙跑去拿了更多的杏给我，让我赶快都吃下去，一路感动过来，那一刻又差点落泪。

大概就在这里停留了不到两个小时，我们就必须返回了，要不然没法在天黑之前回到城里。在回程的路上，我的心情却逐渐沉重起来：军队长官稀里糊涂就派车把我送到这里，还搭上了这么多兵力，总路程超过10个小时，这得要我付多少钱？我摸了摸剩下的美金，还有七八百，他们即使全部要去，似乎也可以接受，毕竟有那么多士兵要分呢。但我接下来就要去赫拉特，如果身无分文的话，应该怎么度过那一天？想着这些，我便没有心情看路上的风景了，等着他们跟我提钱的事情。士兵们这时候反而更在兴头上了，拉希德和其他人一起唱起了歌，说这个地方他们也是第一次来，这里有全古尔省最好吃的杏，他们看了风景，买了杏，特别开心。太阳逐渐西斜，汽车扬起的灰尘闪烁着狂野的光，我也被这种气氛感染，暂时不去想以后的事情了。当日落山后，天空泛起鱼肚白时，我终于再次看见了哈里河水，十几分钟后回到了军营里面。

士兵们把新买来的杏铺了一地，开斋时间马上开始，全营房的人们都用盆接过自己的一份，开始清洗。时间一到，饿了一天的朋友们都开始大吃特吃，而我早在之前就快把自己喂饱了，整个气氛仿佛狂欢。随后军队的车把我拉到附近的旅馆里，拉希德和旅馆老板交代，无论任何情况下，都不能放我出旅馆门，必须等待他们第二天早上来接我去机场。我和他强调了八点半的时间，他让我不要担心，一切早饭晚饭都在这里吃，尽量不要和旅馆的其他人见面，随后就跟我告别了。

一天的经历都仿佛做梦一般，我没搞明白他们送我去宣礼塔的目的是什么，也不明白他们为什么要把我软禁在这里。旅馆老板却是非常信守规定，甚至连屋门都不让我出。侍者给我端进了很多好吃的，还给我一大盆水让我洗澡，甚至准许我在阳台的下水管道直接上厕所，但是坚决不能出门。我实在害怕这是什么阴谋，想通过买东西尝试出去看看，而老板张开双臂在楼梯口把守，最终派人出去买了我要的东西。到了晚上九点来钟，我也就认命了，在地毯上睡去，等待清晨的到来。

◎在恰赫恰兰的旅馆内部

前页图：
◎从飞机上俯瞰恰赫恰兰

〔十二〕从恰赫恰兰到赫拉特

晨礼的动静很大，天没亮我就被吵醒了。从窗口看去，红色的日光逐渐盖满远处的山体，淡淡的灰尘在土黄色的小城中弥漫。我又一次尝试出门和下楼，竟然没人管我，终于可以在恰赫恰兰城区的大街上溜达了。这座省会大概就一个十字街的道路是柏油的，街心环岛设立着一个微缩的贾姆宣礼塔，可见当地人确实把它当作本省最重要的东西。

阿富汗和其他伊斯兰国家很不同的一点，是居民都起得特别早，还不到早上6点，街边的商店很多都已经开张了。当然与此同时，阿富汗几乎完全没有夜生活，日落之后，大部分的街道也就空无一人了，大约还是保持着日出而作、日落而息的生活习惯。城内没有什么老建筑，但新建筑绝大多数也是单层的土坯房。因为我穿着当地衣服，街上很少有人围观我，融入得还比较好。走到哈里河边，河水清澈见底，笔直的杨树穿插在土坯的城市中，衬着低矮的远山，河水和天上的云朝着一个方向流动，对岸的人扯着嗓子向我打招呼。我在这里发了一会儿呆，平复了一下这两天五味杂陈的情绪。

大概在城里转了半个小时，我又回到旅馆。依旧无人

◎远望恰赫恰兰城内的宣礼塔

◎恰赫恰兰城内的商铺

◎恰赫恰兰城内的哈里河

看守，我赶紧跑回屋子里，做出从未出去的样子。过了20来分钟，到了7点左右，侍者给我送来了早餐。吃完饭距离飞机起飞也就四五十分钟了，我心里慢慢有点着急，因为接我的人一点消息都没有。我尝试下楼，老板又把我拦住。我比划飞机的动作，又指指手表；他用手拍拍肩膀，模仿肩章的样子，说“police，police”，又做出开车的动作，我也就确定了他明白怎么回事儿。又过了十几分钟，人还没来。我拿着行程单，向老板不断指着上面的时间；老板也觉得情况不对，开始打电话。打完电话以后，他神情放松起来，示意还是让我继续等待。我急得像热锅上的蚂蚁一样，在屋里不断绕圈，隔几秒钟就去看看窗户，距离飞机起飞只有15分钟了，再来了应该也没用了吧。正在这时，窗外传来汽车的声音，老板跑上来招呼我，我迅速就拿着东西下去了。依旧是拉希德来接我，我都不知道是应该感谢还是咒骂，几乎咬着后槽牙说现在是不是来不及了。他说我们已经和机场打过招呼了，飞机会等你的。我也只能选择相信。

车子竟然直接开进了机场，唰的一声停在了飞机舷梯下面——这种登机方式把我惊呆了。一位工作人员在飞机下面等着，直接把登机牌交给了我。拉希德帮我拿着行李，就把我送上去了。情况变化得太快，我都没有反应过来。在挥手作别之际，我突然想起了什么，问拉希德，这趟旅程是否需要付钱。他听后哈哈大笑，说他们基本都没去过那个地方，因为我来，他们去玩了一圈，放了一天假，还买了很好吃的杏子，大家都高兴极了；还说恰赫恰兰太危险，让我还是赶快走吧。我坐在飞机的窗口还在向他们招手。就这样，我匆匆作别了可爱的士兵们，获得了永生难忘的经历。上飞机5分钟后就起飞了。

这趟飞机的上座率依旧很低，我也依旧坐在最后一排，和其他人离得远远的。斋月期间飞机仍然供应餐食，但都是封好的小面包和盒装饮料。其他游客接到以后，都默默放进了手包；我接到食物，正在犹豫吃不吃，空少跟我挤挤眼睛，应该是告诉我不要担心。窗外的山峦慢慢消失，密集的村落开始出现，我俯瞰着这片土地上淳朴的人们，不知道该怎么回报他们。

赫拉特的海拔远远低于喀布尔，气温也高得多，在一大清早就接近喀布尔最高温度（超过30℃），而午后超过40℃是很自然的，我一出机场就汗流浃背。这个机场我在三年前就来过，如今仍是同样的光景，需要走出很远很远才能到出租车集散地。揽客的司机里，有一位是个看上去60多岁的哈扎拉老人，脸盘圆鼓眼睛细小，雪白的胡子长过胸口，仿佛成吉思汗的画像一般。我毫不犹豫地就选择了他的车。

赫拉特是阿富汗古迹最丰富的城市，其内涵远远超过喀布尔。聚礼清真寺是城内现存最早的建筑，可以追溯到古尔王朝时期。在经历了蒙古人惨烈的屠城之后，帖木儿于14世纪末叶攻陷整个中亚地区，定都撒马尔罕，并令四子沙哈鲁（Shah Rukh）统治赫拉特。沙哈鲁即位之后，帝国首都迁于此，这座城市迎来了历史上最为辉煌的时期，留下了几座非常精美的建筑。帖木儿帝国之后，赫拉特长期被波斯的萨法维王朝统治。与坎大哈、喀布尔等属于莫卧儿王朝的东部城市不同，波斯对其的影响不仅体现在当时的建筑上，也深深烙印在当今人们的风俗习惯中。直到18世纪中叶，赫拉特纳入类似于现代阿富汗版图的杜兰尼王朝统治。

从卫星图上看，赫拉特非常像中国城市——城池是正南正北的正方形，边长约1.5公里；横竖两条大街将城市均匀分成四等份，城开四门，有非常典型的十字街布局。聚礼清真寺在东北区域，城堡在西北区域，成了城内随处都可看到的制高点。城市非常平坦，大街两侧有一个挨一个的巨大方块，后经实地探访所知，它们都是围院形的商队旅馆；大街以内的小巷子曲折盘绕，又是中东城市的味道。机场在城南30多公里，一条笔直的公路一路向北，跨过恰赫恰兰流过来的哈里河，就到城市东郊。出租车向老城开去，我第一个想探访的，就是适合清晨参观的赫拉特聚礼清真寺。

◎赫拉特机场的出租车司机

前页图：
◎赫拉特聚礼清真寺的庭院内部

〔十三〕　两次游历赫拉特的小麻烦

这次来聚礼清真寺已经是早上10点，犹记得三年前清晨6点来这里时，那份静谧所带来的震撼。清真寺主立面朝东，东侧修建了一座满是水池的广场，对称的感觉很像波斯花园，但里面没有水。大门的正立面在空旷的广场上反射着初生的橙光，鸽子在天空呼啸，投下掠过的影子，气氛美妙极了。清真寺外表面覆满了蓝色的瓷砖，和伊朗的清真寺颇为相似，显然是萨法维时期改造的结果；大门两侧的主庭院四角各有一座宣礼塔，六座高塔让空间更有层次感。进入寺内，雪白的大理石地面还未被照亮，环绕庭院的四座拱门也显示了它们和波斯建筑的联系，但拱门内部的空间并非穹顶，而是券顶，可能是古尔时期早期做法的体现。四座大拱门之间，排列着二三十个稍小的拱门，共同构成回廊。院子的角落里，三三两两地躺着还没有睡醒的信徒，但更多的人已经跪坐在大大小小的拱门内部，或看书，或闲聊。我从大门沿着院落的边缘走向西侧的礼拜大厅，拱门里的人们见到我略显诧异，接着便微笑着互道“赛俩目”，气氛庄重肃穆。

大厅的景象并没有我想象的华丽，内壁基本素面涂白，只有米哈拉布（mihrab，清真寺里朝向麦加的凹龛）

◎赫拉特聚礼清真寺内部拱券

◎赫拉特聚礼清真寺西侧

◎坐在地上读《古兰经》的阿訇

◎赫拉特聚礼清真寺墙上的泥塑

有一些釉砖和泥塑的装饰。结构上由六道肋条一样的拱券支撑顶部，非常像成都的王建墓，肋条之间装饰上下两层拱券。仔细观察，很多地方的白灰被揭，露出一些长方形或者正方形的小块，下面显示出了非常精美的灰泥浮塑图案，一看就是早于帖木儿时代的作品，可能印证了这座建筑始建于古尔时期的说法。大厅下或坐或躺有十来个当地人，都穿着传统服装，一位阿訇留着长长的胡子在诵读《古兰经》经文，而一位小伙儿拿着画板描绘清真寺的风景，宗教与世俗互不干扰。

正是这样的一座清真寺，在我2017年来此之前的几天，刚刚经历了一场罕见的自杀式爆炸（赫拉特几乎是阿富汗最安全的大城市）。爆炸者在清真寺北墙外引爆，致死十余人。我走到外面，专门看了一眼那个大坑，如今坑仍然还在，而周围气氛没有任何异样，仿佛什么事情都不曾发生。

而类似危险的体验，我2014年遇到时，还是非常慌张的，那是在赫拉特城北的两组没有修缮的清真寺。如今在城内稍微开阔一点的地方，都能看见城北高耸的那五座宣礼塔：其中较矮的一座，属于沙哈鲁汗皇后高哈尔·沙德（Gawhar Shad）清真寺；而比较高大的四座年代稍晚，为帖木儿帝国末代苏丹侯赛因·忽辛·拜哈拉（Husayn Muza Bayqara）所建。高哈尔·沙德作为皇后，和一般穆斯林女子在婚姻关系中的从属地位不同，她对沙哈鲁汗的统治产生了很大的影响，在晚期几乎是国家的实际掌权者。赫拉特的很多大型建筑在这一时期修建，其中最重要的就是高哈尔·沙德清真寺。一直到19世纪中叶，这座建筑还保存完好，而1885年的英俄战争摧毁了它的绝大部分，现在只残留一座宣礼塔和穹顶墓室了。这座塔非常像缩小版的贾姆宣礼塔，塔面上残存着十分精美的蓝色菱形釉砖装饰，是典型的帖木儿风格，现在十不存一，呈现出土黄的砖色。塔西面陵墓的屋顶有着帖木儿时期颇具特色的包子褶造型，和帖木儿大帝本人的陵墓非常相似。陵墓内部极为精美且未被后期修复，很多游客到这里都会被热情邀请进入参观，而当时因为天色太晚，看门人早已不见了踪影。

高哈尔·沙德清真寺北部，更为壮观的建筑其实建于帖木儿王朝的末期，侯赛因·忽辛·拜哈拉苏丹统治呼罗珊地区将近40年，有着充足的时间建造自己宏伟的大清真寺。四座宣礼塔围成正方形，中间是一些建筑的残墙，这些墙就是已经倒塌的清真寺主体部分，在100多年前的老照片上还能看到它的残迹，其建筑之壮阔甚至超过撒马尔罕的作品。这四座宣礼塔的残断甚于皇后的那一座，但更加高大，可想原来的规模。虽然这些建筑的外表剥落严重，但在我看来，它们比撒马尔罕的任何一座建筑都要美丽，因为它们没有被后世的修复过度美化，在夕阳之下，呈现出最原生态的外观。2014年，这里还是开放的，穿着长袍的男子和蒙着蓝色布卡的女性从废墟上走过，那种沧桑感让人难以移步。

◎高哈尔·沙德清真寺的宣礼塔和穹顶墓室

◎侯赛因·忽辛·拜哈拉（Husayn Mirza Bayqara）清真寺的四座宣礼塔

2014年到达赫拉特的第二天早上九十点，我再次来到这里，看门人依旧不在。突然街市上有一些骚动，一些人开始对我指指点点。一位年轻人走到我跟前，用蹩脚的英语跟我说，刚才街头有两名外籍女性坐在出租车内，被路过的极端分子枪杀了，建议我赶快回到旅馆里。我刚好也把要看的景点去得差不多了，鸡皮疙瘩起了一身，恨不得马上离开这里前往伊朗。很巧的是，宣礼塔脚下刚好是去往伊朗的出租车集散地，我问司机去不去伊斯兰卡拉（Islam Qala，去伊朗的口岸），几个司机相视一笑，说路上很危险，不敢带我去。我一时着急，掏出了包里的布卡套在身上，问这样可不可以。司机们笑得都要背过气去，说夸张了夸张了，他们开玩笑的。我没好气地应承两句，就赶快回到旅馆收拾行李了。

2017年再到宣礼塔的时候，又遇到了在赫拉特最大的一个麻烦。我一大早飞到赫拉特，要坐下午6点半的飞机返回喀布尔。在下午5点的时候，我想把最后一段时间留在这里，顺便看看能不能进入高哈尔·沙德清真寺的陵墓。来到塔下，却被一道高大的围墙挡住——这里已经被完全围了起来。司机跑去拍门，十来分钟后，里面的人才慢慢悠悠出来把门打开。内部依然还是老样子，但没有了当地人在废墟间行走，总觉得缺了些什么。而我没料到的是，由于拍门的动静过大，吸引来了周围的警察，我们的车刚刚开离宣礼塔就被扣下了，车子径直开到了警察局里。

警察局里喧喧闹闹全是当地人，我一进来，空气仿佛凝固了一般，人们都停下了手上的动作，直勾勾看着我。我脑子嗡一下就乱了，离飞机起飞就一个来小时了，又被稀里糊涂拉来这里，赶不上飞机即将引来的连锁反应又快把我搞得站立不稳。我拿出机票预订单，和见到的每一个人指着上面的起飞时间，咆哮着比划飞机起飞的动作，急得一头大汗。终于有人明白了我的意思，一把把我塞到排着长队的队伍开头，队首的两个人赶忙又把我推到办公室里。长官见到我狼狈的样子，看了看我的预订单，指着跟着我来的警察吼了几句，随后微笑着对我做出了请走的手势。这大概是我结束得最快的一次被抓经历。

前页图：

◎霍贾·阿卜杜拉·安萨里（ Khwaja Abdullah Ansari ）陵墓内部庭院

〔十四〕城堡与霍贾·阿卜杜拉·安萨里陵墓——赫拉特最重要的两座大型建筑

2014年和2017年两次去赫拉特，我其实也就待了整整两天的时间，然而因为这座城市的古迹相对集中，也基本去遍了比较重要的地方。但有一座非常重要的高哈尔·沙德时期的陵墓，位于城东北将近10公里的山脚下，因为真的很好看，两次我都专门去了那里。

这是沙哈鲁汗时期著名的苏菲教长霍贾·阿卜杜拉·安萨里的陵墓，他于1089年去世并安葬在这里。因为民众对其崇拜的延续，大约在1425—1427年，沙哈鲁汗在此地资助兴建了这座建筑。陵墓朝南偏西，下午打车前往这里时，双层拱券组成的正立面被照得闪闪发亮。墙面使用深蓝和浅蓝色的釉砖装饰，配合少量的浮塑花纹，显然是帖木儿时期的风格。然而上层釉砖剥落得非常厉害，基本都露出了底色。前来朝圣的人异乎寻常地多，女性数量甚至超过了男性，不知道是不是因为朝拜这位苏菲教长有着什么特殊的功效。穿着各色布卡和卡多尔（chardor）的女性和白色衣服的男性混杂着进进出出，真是很亮丽的风景。进入陵墓，我却被告知严禁拍照，必须把相机放在门口。庭院里面是很典型的波斯四敞厅布局，北面的主厅最为高大，顶端还有两座小塔，有些莫卧儿建筑的意味。

◎霍贾·阿卜杜拉·安萨里陵墓内部庭院中的墓碑

◎霍贾·阿卜杜拉·安萨里墓外景象

四座敞厅外部的釉砖都剥落了很多，内部相对还比较完整。墓葬都分布在院落之中，教士本人的在北敞厅之前，高达六七米；而很多追随者的墓葬环绕其侧，不下100座，朝拜者沿着奇特的线路在其中绕行，嘴里喃喃自语。这些墓碑都特别精美，石材精良，保存精细，但不能拍照，实在让我浑身刺挠得不行。回到大门口，我跟看门人好说歹说，终于同意让我在门口摁下一张全景照片。2017年前来，很重要的原因就是想寻找机会再次拍摄。这次朝拜的人特别少，看门的大爷挺愿意让我拍照，环顾见四周没人，便赶忙让我拿着相机进去，示意我离门远一点。我在庭院内部疯狂拍摄，基本拍遍了靠北的所有墓碑。在我慢慢往门口移动时，另一位看门大爷发现了我，赶忙跑进来，示意我必须立刻离开。虽然有点遗憾，但是两个年度的照片组合起来，这个墓地也基本拍全了。

这座建筑之外的重要古迹基本都在城内。在被十字街划成的四片区域中，前文已提及的聚礼清真寺位于东北角，与之相对的西北角有着赫拉特城内最高的建筑物——赫拉特城堡，在城市的绝大多数位置都能看到它。2014年，这里还是军警把守，要贿赂很多钱才能进去的管理不太规范的地方；而2017年，赫拉特国家博物馆作为阿富汗第二家对外开放的博物馆已经在城堡内复兴，城堡成了明码标价的售票景区。

城堡规模很大，东西宽将近300米，南北将近100米，形状比较特殊。东面的城堡比较高，大体呈长方形；南、

◎赫拉特城堡内景象

◎赫拉特城堡外景

北面较长，各有四个圆形高耸的马面；西面的部分相对低矮，在城里不太能看见，向北弯曲形状不太规则。城堡外表呈土黄色，维修痕迹比较明显，大部分外皮应该都是后补的。在西侧城堡西北角的马面上，可以看到一点点釉砖的痕迹。根据文献记载，城堡始建于伊尔汗国时期，而现在的外观包括这些装饰，应该是帖木儿王朝改造的结果。

根据路人的指点，我走到城堡的西面，发现了军警把守的铁栅栏大门，给了10美元后就进去了。城里除了我只有两三个游客，里面的复建情况比外面还要严重，没有什么古意，而且只能在西侧较低的城堡游览，东侧城堡大门紧锁。我在城堡里弯弯绕绕了半天，翻了几堵矮墙，好不容易进到了东侧城堡的内部，真是别有洞天。这片区域基本没有经过修缮，地上都是城堡内残毁建筑的墙基，顺着楼梯还可以爬到马面的顶部。我分别爬了东北和东南最高的两个马面，足以俯瞰赫拉特全城。向北看去，清真寺总共残存的五座宣礼塔伫立在低矮的城外建筑中，背靠着5公里外的远山；北城墙还有大概二三百米的残留；城墙南侧基本都是历史城区；天际线非常平整，稍微高起来的几个建筑，都是清真寺的穹顶和尖塔；城里绝大多数房子都是土坯的，非常像伊朗亚兹德，虽然少数几座现代化的瓷砖房破坏了整体的美感；而向东看去，蓝色的聚礼清真寺在民房中鹤立鸡群，六座尖塔围合成了一个很有层次感的空间。下午两点，40多度的光景，站在高高的马面上，热风从耳边呼啸而过，汗水从身上不断涌出又被吹干，却是清凉无比。

◎从赫拉特城堡往东眺望聚礼清真寺

◎赫拉特城堡往北眺望宣礼塔

时隔三年再访，赫拉特国家博物馆重新在城堡中开放，门票也恢复到较为正常的500尼（约50元）一人。馆舍在西侧城堡中央一座修复得面目全非的建筑内部，外面看着很小，里面却分上下三层，每一层都是类似于大巴扎的东西向券顶空间，参观起来还颇有些内容。博物馆从三层向下，按照通史顺序，展示了赫拉特从新石器时代晚期到帖木儿时期的遗物。由于博物馆在塔利班时期遭受过重大破坏，前伊斯兰时期的文物所剩无几，展出的主要是没有太多异教特点的以日常生活用品为主的陶罐、铜器、石器等等；伊斯兰部分相对更加精彩，从倭马亚阿拔斯王朝到伽色尼王朝，都有大量的陶瓷器、做工精美的镂空铜器；而帖木儿时期是馆藏水平的顶峰，大量的建筑构件挂在墙上、堆在墙脚，显示了赫拉特作为帖木儿后期首都的丰富物质遗存。

不过整个馆内我最喜欢的却是沿着墙的一排排展板，同样以时间顺序介绍了赫拉特乃至整个阿富汗的历史与重要建筑，配有非常详尽和权威的英文解说，很多资料都是我在网上从来没有搜到过的。我如饥似渴地记录着上面的信息，包括赫拉特的古建筑和年代图，这成为我之后在城里考察最主要的资料，我很多有瑕疵的攻略，都在这里得到了修正。在展板介绍中，一个名为AKTC(Aga Khan Trust for Culture）的机构给人留下了深刻的印象，包括赫拉特城堡、聚礼清真寺等在内的阿富汗很多重要的文物古迹都是在它的帮助下进行修复的，还包括了喀布尔、巴尔

◎赫拉特城堡的展厅

赫的很多重要建筑。之后查询才知道，这个基金会隶属于什叶派中伊斯玛仪派的领袖阿迦汗，他对于中亚、南亚等地的伊斯兰古迹非常关注，通过信徒筹措资金修缮了大量古建筑。细细走访了几天，明显感到阿富汗的古迹在调查登记上的工作还是非常扎实的，不像一个陷入战乱的国家常有的状态，很多基础工作其实都是这个组织默默完成的，真是非常伟大。

走出城堡，南面就是一个喧闹的市场，售卖各类干果的小摊聚在一起，市井气息浓郁。从这里能看出赫拉特的风俗已经和喀布尔有了明显不同，男子的衣着还算相似，女性在蓝色布卡之外，有将近一半的人穿上了伊朗式的卡多尔长袍，这种袍子露出脸部，但是身上其他地方被宽松地覆盖，不大看得出身形，受伊朗的影响很明显；然而宗教上仍然很是保守，即使是露出脸部的女子，在面对陌生男子时仍旧非常提防。城堡的西南侧有一个形状奇特的拱顶建筑，走进以后别有洞天。建筑的地面低于外面五六米，好像一个半地穴的房子，屋顶用肋拱和穹顶的组合来支撑。这里原来曾经是一个蓄水池，而现在却变成了一个画廊。100来幅油画挂成好几层围绕着内墙的四周，大多是人物肖像，也有阿富汗的风光。肖像上面的女性都时尚开放，松松垮垮地包着头巾，好像现在的伊朗，而在室外几乎是看不到这样的情况的，这种反差让人唏嘘。

◎穿布卡和卡多尔的女子

◎赫拉特市场里的画廊

前页图：
◎赫拉特城南的村落

〔十五〕 赫拉特的历史街区

从蓄水池向东走到北大街上，开始赫拉特历史街区的游览。赫拉特在卫星图上特别像中国城市，走在其中也真的很像。大街都是临街商铺，而从巷口往里面看，就是纯粹的居民区，只是中国的胡同相对比较直，而这里都是曲曲折折的。大街大概有十几米宽，超过四车道，从格局上看，应该没有拓宽。如此宽阔的大街，在伊斯兰世界实属罕见，应该也反映了赫拉特曾作为首都的大气魄。售卖东西的市场有着明显的分区，卖首饰、食品、调料的主要在北街；家电、金属器物在东街；服装、鞋帽主要在南街；西街的小餐馆居多。因为正值斋月，非常冷清。家电和生活用品的区域，大量货品都来自中国，有的遮阳伞、货柜上都仍然写着汉字，一些大约是从国内淘汰的二手货。认出了我是中国人，很多这类店铺的老板非常开心，跟我问好之后，赶忙让我认认一些商品上面的汉字，请我解决疑难问题。最有趣的是有个老板跟我说他去过中国，去过很多大城市，然而他的排序是北京、上海、广州、义乌。

相比喀布尔，赫拉特街头的气氛要轻松很多，基本没有军警执勤，也没有水泥砌成的堡垒。相对于伊朗、巴基斯坦等地经常被围观的过度热情，阿富汗给人的感觉刚刚好。路人希望被拍照时，常常羞涩地指指自己，再望一眼相机，我同意以后，就立刻呼朋引伴地摆好姿势，拍完以后也再不围堵。让我印象更深地是在一个售卖金饰的店铺前面，一个十几岁的少年兴奋地跟我大叫“Jackie Chan”“Bruce Lee”，随后双手合十向我行礼。这种对于中国适度的好感，让我在赫拉特的一整天都非常愉快。

我在赫拉特非常期待找到一家售卖传统女性服饰布卡的商店，因为喀布尔人说全阿富汗最好的布卡在赫拉特。实际店铺并没有我想象的那么多，最后终于在南街的北首发现一家，这也是我在阿富汗见到的唯一一次，也许这种衣服就和中国的土布棉袄一样，在衰落的过程中。

寻找中，我进入了很多顶棚巴扎和商队旅馆，这是赫拉特很有特色的城市功能区域。有顶棚巴扎是伊朗乃至黎凡特、土耳其常见的市场形式，拱券顶或者一个个穹顶连接而成的室内空间，绵延交错。一个城市的巴扎能长达几公里，而它在中亚是比较罕见的。赫拉特作为波斯风格很浓重的城市，已经出现了这种巴扎，不过长度都很短，一般就一二百米，在南街和北街各有一两个；并且不同于伊朗的砖券，这里大多是木骨的，基本处于半荒废状态，阳光从顶棚的缝隙洒在有些尘土飞扬的空气里。

很多这样的巴扎，其实通向商队旅馆，这种卫星图上看起来方块形的建筑几乎遍布赫拉特四条大街的两旁。从一个不起眼的门口进去，里面豁然开朗，砖建的一二层小楼围绕着中心空场，好像一个四合院；小的大约就

◎赫拉特南街商铺

◎向我打招呼的小男孩

◎赫拉特卖布卡的商店

◎赫拉特的顶棚巴扎

一间500人教室规模，而大的能相当于半个足球场。商队旅馆的形式变化多端，有的像传统的教经学院，有的显然受到了西方的影响，可能是20世纪前叶建造的。而我最喜欢的是位于中心十字路口西北角的一座，名为"Mukhtarzada"。我通过一个带八角星型天窗的穹顶巴扎进入四合院，两层带回廊的建筑使用带有乳钉的柱子支撑，内部墙壁的泥塑图案是绵延不断的几何花纹。从回廊的一头向另一边望去，那种空间感极为迷人。虽然在伊朗和土耳其都有这样的建筑，但是和赫拉特的密度和规模都无法相提并论。可惜的是，它们大部分都被荒废了，只剩下少量小屋和商铺或者小作坊，不过几乎每个入口都有一个标明文物身份的铁牌，对建筑的历史和修复情况做了介绍，甚至都有平面和剖面图。这样细致的工作国内很多地方都还不太能够做到。

赫拉特被均匀分成的四片里都有保存很好的历史街区，从大街向内探索，仿佛进入迷宫。从博物馆内的介绍来看，西北片的重要建筑相对比较多。行走其间，感觉非常像在伊朗亚兹德。建筑基本都是一层或者二层，使用土砖建造，砖外面抹上泥土，整个城市是土黄色的。巷子曲曲折折，偶然出现的拱券和隧道增加了结构的变化。相比亚兹德，这里的风貌要原生态得多，很多涂泥斑驳脱落，少量建筑也被自行改造，失去了原有的和谐，但这些都增加了城市的层次和生活气息，让人更有探索的乐趣。巷子里主要是民居宅院，从卫星图上看多是密密麻麻的小方

◎名为“Mukhtarzada”的穹顶巴扎

◎赫拉特的一座大型商队旅馆

◎赫拉特商队旅馆的柱廊

块，这也和喀布尔乃至中亚地区不太相似，更像是伊朗的民居结构；宅院门头的装饰比较朴素，大部分是墙上直接安门，最繁复的也就是类似于清真寺钟乳拱的结构；大门多为双扇木门，上下两排门钉，门的造型也非常像亚兹德。

斋月期间，巷子里的人比较少，到了傍晚时分才渐渐变多。大人们几乎都是男性，小孩子横冲直撞，他们穿着小小的袍子，在巷子里一哄向我扑来的样子非常可爱，见到我以后一般也不做太多的身体接触，只是变换着各种造型让我摄影。总体来说，阿富汗的民风在淳朴中稍显羞涩，女孩子就更是如此了，大概很小的时候就接受了不能和外人亲密接触的教育，只有两三岁的女孩几乎和男孩一样，可以混在一起玩耍；到了五六岁就只敢远远地看着我；而七八岁左右，便戴上了头巾，一开始可能还会在门口或巷口好奇地向我张望，一旦我举起相机，就会尖叫着跑开。成年女性在巷子里出没得不多，穿着布卡时，由于天气实在炎热，在前方没人的时候她们会把面前的布撩起来。每当我转一个弯在巷子里遇到她们时，不管离得多远，那块布都会在半秒钟之内被放下来。而身着卡多尔的女子，和我在巷子里接近错身时，也会下意识稍微遮一下脸。可见，虽然赫拉特已经是阿富汗民风相对最开放的大城市，但相比周边其他国家，还是保守得多。

在走街串巷的过程中，西北片区一位大叔邀请我进入了他家的院子。这是一座挂了铁牌的保护民居，也是我在赫拉特走进的最精美的一座院子。南侧的门屋有两层，而正房只有一层，正房中心是一个类似波斯大宅的优美敞厅，可惜现在已经被封堵住；窗户顶部多使用三角形的装饰，也有浓浓的波斯特色；而遍布墙上的类似于中国剔红漆器上锦地的灰塑，让房子充满了繁复的美感。大叔请我进到家里，屋里没有任何家具，一台大概只有14寸的小电视放在地上。他只有八九岁的女儿正在一台缝纫机前干活，见到我正要躲开，但父亲示意她过来，让我拍一张照片。小姑娘长得洋娃娃一般，眼睛大而有神，一条棕色的大辫子垂在一边，如果她们可以自由选择走在外面的穿着，难以想象阿富汗的街头将是多么美丽。

2014年，我在看完城北的宣礼塔后，在傍晚时分回到了赫拉特老城里。在斋月的暮色里，仿佛这才是一天的开始。我到中心十字路口去觅食，连续被三四个小吃店强行拉到店里，一定要我尝尝他们的免费小吃，羊肝、肉串、卷饼，稀里糊涂吃到半饱。将近九点天已经全黑，我来之前从来不敢设想自己在没有路灯的黑夜里，还会待在阿富汗的老城深处。但赫拉特完全没有我想象的危险，一辆三蹦子车，我就回到了旅馆。

赫拉特新城区的防卫也很稀松，旅馆直接临着大街，随意出入，价格也比较平易近人，大概人民币100多元就可以住到标间。新城区同样没有路灯，道路好像黑色的河流在街边店铺的灯光中流淌。我又摸黑到了一家果汁店，连烧烤带果汁吃得体坠肚圆。

◎文中提到的保护院落

◎赫拉特小巷子中的孩童

◎老宅内的小女孩

◎赫拉特城南的马兰（Malan）桥

2017年我在赫拉特没有住宿，旅行结束之际从警察局出来，打车再次前往机场，向南的路上，特意绕路去看了一下马兰桥。从恰赫恰兰发源的哈里河，我在这里再次和它相会。这座土黄色的砖拱桥，非常像伊斯法罕的三十三孔桥，有着浓浓的波斯风味。它的中心线和赫拉特的南北大街直直相对，扼守着这座城市的南侧干道。桥的南北有很多古村落，依稀还有小小的城堡。后来从飞机上向下望，这里的村落民居都非常有特色，四合院的格局中，四边房屋都是由三五个穹顶建筑连接而成的；远看仿佛乐高

玩具，而且成群成片，风貌很好。下次如果还有机会到赫拉特，这应该是必访的项目了。因为起飞稍有晚点，原本日落之前应该落地喀布尔，却在飞机上经历了日落。机组仍然是发放有包装的餐食和瓶装饮料，而大部分人首先都选择拿在手里，时不时向西北面看看太阳。当最后一缕光芒在机舱中消失，仿佛仪式一般，大家都同时开始吃东西。夜色中落地喀布尔，我再次被拉马赞接到红姐家中，开始筹划第二天的另一个有很大不确定性因素的地方。

前页图：

◎去艾娜克遗址时路过的二号村落的内部

〔十六〕 两次失败的艾娜克之旅

2017年来阿富汗之前，我做的最重要的前期准备，就是落实去加兹尼和艾娜克遗址的包车。我想从赫拉特返回喀布尔之后，一天内一次走完这两个地方。原本找的是司机哈桑，但因为在巴米扬发生的不愉快，我犹豫了很久要不要再找他。不过一个电话过去，哈桑仿佛忘记了那件事情一般，满口答应下来，承诺日出之前来到旅馆，先带我前往艾娜克。

艾娜克是一座以贵霜佛教遗迹为主的遗址群，这算是我前往阿富汗最初的原因之一。2014年那次丝绸之路的旅行，我对巴米扬并没有非去不可的想法，当时觉得那里被毁坏得已经比较厉害。而这座遗址位于喀布尔东南40公里左右，主要在2010—2011年进行发掘，逃过了塔利班的破坏。这里出土了大量贵霜时期的佛塔、佛像和相关建筑，在塔利班毁掉了其他遗址之后，艾娜克遗址有着不可替代的完整性。艾娜克富含铜矿，2007年中国中冶集团买下了30年的采矿权，在建设过程中发现了它。根据新闻报道，原计划2013年发掘结束，遗址就会被毁掉或移走，但截至2014年，遗址仍然在原地。所以第一次前往阿富汗时，非常希望能看到这个在未来随时可能消失，又具有唯一性的地方。然而当时因为司机找错路而失败，我以为这里将很快被毁，会永远错过这个遗址了。但也许是因为当地形势不好，中冶集团没有如期开始铜矿开采工作，遗址的发掘仍然在零零星星进行。当2017年听说遗址还在，它便再次成为我在阿富汗旅行的核心目的地。

2014年那次，我中午时分从巴基斯坦的伊斯兰堡飞往喀布尔。那时候，我对阿富汗还一无所知，甚至完全没听说过红姐在这里的旅馆。从巴基斯坦来到阿富汗，感觉两个国家的相似度还是比较高的：男士服装非常类似，穿传统服饰的人比例很高，最大的区别就是阿富汗人喜欢穿马甲，而且有缠头、大胡子的比例更高一些。当时机场还有摆渡车把人们拉到外面的公共停车场，这应该是出于安全考虑，但到了形势更加严峻的2017年，不知道为何就没有了。摆渡车到站后，大量的出租车司机和接亲友的人涌上来，几分钟之内，就看到十几对刚刚下来的人和亲友抱头痛哭。这时才深刻感觉，阿富汗是和其他国家不一样的。

当时我千挑万选了一个塔吉克人的车，先花人民币40块钱左右去寻找旅馆。车子把我拉到了瓦吉尔阿克巴汗区域，和红姐的旅馆相距不远。这里有一家戒备非常森严的旅馆，进入街口的位置就挡了三四道水泥墙，曲曲折折才能进到街里。看到旅馆之后进到院里，还要经过厚厚的铁皮墙以及很严格的安检，旅馆名字叫Arian Plaza。即使是这样，我后来从新闻上看到，这家旅馆还是在一次恐怖袭击中被炸掉了。在阿富汗，一座被盯上的目标，真是无论怎样的安保都没太大用处。

这家旅馆有三星标志，但设施顶多相当于国内的招待所，价格竟然要90美元！为了防止节外生枝，我还是住下了。经过这几年渐渐了解到，这基本也是阿富汗涉外酒店的标准价格，即使是大街上找的最便宜的招待所，应该也超过人民币100元。

在旅馆安顿好，第一件事就是去艾娜克。按照当地普通司机的文化水平，是不会知道这种遗址的。所以出发之前我就把很多重要景点制作成了明信片，装在一个照片夹里方便问路。我把那张照片给司机看，同时嘴里念着遗址的名字，司机竟然一口咬定说知道，并且手指东南方向。我喜出望外，继续包了他的车。

我之前大约在卫星图上查明了路线，喀布尔城东有个小山，沿着去贾拉拉巴德方向的公路通过这座山，向南拐十来公里应该就到了。出了喀布尔，汽车确实在向东开，我开始顺便跟司机打听去哪里安全、哪里不安全，当时司机说去贾拉拉巴德、昆都士、马扎里沙里夫没有问题，但是去巴米扬、坎大哈、恰赫恰兰都不可以。听了这话，我就放弃了去巴米扬的计划，临时改为去马扎里沙里夫看看。结果到了2017年，形势和当时完全不一样了，昆都士成了最为危险的地区之一，而巴米扬的陆路相对是比较安全的。

没开多久，司机问了一下路，在山脉之前就向南拐了。我让他继续向东，他却死活不肯，当时觉得可能有另

◎在喀布尔的旅馆

◎在喀布尔旅馆外面的障碍物

一条近路，结果从这里开始，司机就开始胡说八道。在2014年时，我还没有使用电子地图，也没有办法指挥司机的行动。

一路向南，阿富汗的田园风光非常美丽，戴着头巾的男子在田间放羊，穿着布卡的妇女在田埂上带着小孩散步。穿过几个非常原生态的古村，车开始向东，朝着山麓方向开去。开了十几分钟，人烟逐渐稀少，路边都是坟地。司机突然停下车来说，前面还要开一个小时，而且可能有塔利班，问我还要不要继续前进。因为那是第一次到阿富汗，心里还是有点虚，只好回程。之后查了地图，这个地方根本没法翻过山脊也开不过去，司机就是为了赚钱而随便承诺罢了，然而这样一来，我可能错过了去参观遗址唯一的机会。

收获也是有的。当时在路上经过了两个风貌十分原始的村落，司机说里面不安全，但我实在讨厌一无所获，坚持一定要进村看看。这也是两次到阿富汗，我唯一深入探索过的古村。一号村落有个特别好看的大门，进去以后，所有房子都为土坯，很多房屋加盖二层，层间用树干铺一层。村容非常原始，一个现代砖制建筑都没有，好看极了。房屋的风格和喀什、莎车等南疆城市非常相似，但是这里保存得更为完好。

二号村落更大一些，有小集镇的感觉。村内有个L型街道，建筑疏疏落落排布在街道两边，静谧安详。三两个骑着自行车的成人路过，都冲我点头微笑。几个孩子跑过来，远远地羞涩地看着我。村中也有个小城堡，穿着布卡的妇女从下面走过，见我照小城堡，也隔着头巾捂嘴笑。

2017年再次去遗址之前，我再三和哈桑确认他是否知道精确的地点，他便发来了遗址另外几张照片，显示他去过。凌晨5点钟左右，我们从旅馆出发，希望刚刚日出的时候就能到佛塔旁边。然而车一出城，竟然直接向南方洛加尔省的地界开去，我向他指着卫星图上的地标，质问他到底要选择哪条路。他依旧是那副不置可否的表情，一个分叉，就坑坑洼洼沿着山路向东面开去。这时候他才跟我说，东面那条路向南的分叉非常危险，有塔利班活动，必须走这条路才可以。这样想来，2014年走的那条路，可能也有一定道理。我死死盯着手上的卫星图，看汽车确实是向正确的方向开去，才放下心来。晨光熹微，我和遗址只相距四五公里了，真是特别激动。

一座大门把我们拦截了下来，哈桑和我进去询问情况，得知这就是中冶集团矿区的大门。看门的人非常强硬，一定不让我们进去，哈桑又是塞钱又是递烟，也丝毫不为所动。我不断和看门的人表示，我就是中国人，进去不会干什么别的事情，也可以和里面的中国人说明情况，仍旧没有任何缓和的余地。半个小时之后，太阳升了起来，远处的山体上仿佛隐隐出现了遗址的样子，却又像远在天边。这是我在阿富汗唯一一个探访失败的古迹类景点，还是栽在了中国团队的手上，真是哭笑不得。

悻悻返回大路，忘却了这段不顺，接下来就是去全程中风险最大的目的地——加兹尼了。

◎一号村落的大门

◎二号村落的内部街道

◎二号村落的城堡

前页图：
◎加兹尼双塔

〔十七〕　真塔利班之路——窜访加兹尼

加兹尼在前伊斯兰时代就是有一定规模的城镇，到了贵霜时期，成为佛教信仰的中心地区。20世纪六七十年代，意大利考古队曾经在城区附近的山头上发现了塔帕萨达尔（Tapa Sardar）遗址，出土了大量的佛塔、佛像，包括一尊巨大的佛涅槃像。遗址原本得到了很好的保护，架起了遮雨棚，规划了参观路线，几乎成为一个景点，然而最终被塔利班摧毁。2003年的修复和新一波的发掘工作让遗址的一些部分再次露出地面，包括最大的一座佛塔。不过因为加兹尼省非常危险，出了城区几乎完全不能保证安全，我的旅行一开始就没敢计划这里。

伊斯兰化之后，加兹尼最辉煌的时期，就是作为伽色尼王朝的首都。阿拔斯王朝东部在分裂出以布哈拉为首都的萨曼王朝之后，还是以印欧人的文化为主。公元961年，萨曼王朝一位突厥宫廷近侍阿尔普特勤（Alptigin）被任命为呼罗珊总督，次年攻占了加兹尼城，自立为埃米尔；其子苏布克特勤（Subuktikin）在位20年，攻下北印度、阿富汗、花剌子模和波斯的大量土地。公元997年，马哈茂德（Mahmud）即位，伽色尼王朝进入极盛时期；999年，其联合喀喇汗王朝攻灭萨曼王朝，瓜分萨曼领土，自立为苏丹，国土面积达到最大，这也拉开了中亚突厥化进程的大幕。加兹尼虽然在之后的蒙古人时期遭受了巨大的破坏，但是城东尚存在伽色尼王朝后期修建的两座宣礼塔，城墙也保存得非常完整。不记得我是在哪里看到那张照片，两座宣礼塔孑立旷野之中，城圈在两三公里之外，中间没有一座现代建筑，十来个马面和宣礼塔在晨曦下闪着光芒，景色和一百年前相比仿佛没有任何变化。从看到这张照片的那刻起，我就下定决心一定要到这里看一看。

加兹尼在喀布尔到坎大哈的大路中间，我去之前查过塔利班分布图，喀布尔向西南经过瓦达克省省会，就进入了塔利班分布区，持续差不多100公里，一直到加兹尼城下。通过了加兹尼，差不多又要经过150公里的塔利班控制区，才能到达坎大哈东部的安全地带。因而不管从坎大哈还是喀布尔过去，都一定会经过塔利班控制区。因为这座城市没有机场，我又筛查了它周边的所有小机场，没有一处可以只通过政府控制区就到达的。考虑再三，只能从喀布尔硬着头皮去了。

我在去这种风险比较大的地方时，一般会确认两点信息：其一是路上有没有检查点，比如伊拉克在政府军和伊斯兰国控制区的边界，设有大量检查点，很容易被政府军当作可疑人员扣下；其二是司机觉得把握有多大，在阿富汗的很多地方，司机坚决不愿意带外国人走一些危险路段，这个和当地安全系数以及司机处理问题的能力都有关系。我和哈桑再三确认这两点，他都表示只要我穿上当地服装，到了危险的地方就装作睡觉，并找个布把我脸盖上，应该就不会有问题。事实证明，路上确实没有强制车上人员出示身份证件的检查点，而哈桑对什么地方属于塔利班控制区，也是了解得比较透彻的。

早上七点从艾娜克出发，我换到了车后座，行驶在去坎大哈的大路上。公路路况比我想象的更好，路上的车也不少，比去巴米扬的状况看起来都好很多，可见塔利班对于当地人来说，也不是什么谈之色变的组织。大概开了半个小时，路边的村落风貌就有了一些变化：喀布尔附近多见二层房屋，而屋子的结构也使用很多木头牵搭；这里的房子慢慢变成单层，并且几乎变成了纯土结构。女子的衣着变化最大，蓝色的布卡急剧减少，花花绿绿的衣服多了起来，形式比较多样，虽然很多仍然是全蒙面式，但蒙面的花样也比较丰富。哈桑没有限制我拍照片，我也就在路上不停记录。

车经过瓦达克省省会迈丹沙赫尔没多久，哈桑说，你要准备睡觉了。我赶忙把相机收起来放在腿下面，然后把头巾盖在头上装睡——这个起始位置和我在网上查到的塔利班分布图是类似的，我也对哈桑的信息多了一些信任。睡了几分钟，哈桑就让我起来，接下来在这段路程中我频繁装睡，最长一段时间大概有半小时；而我只要一有机会，还是要记录一下沿途的风情。车子大部分时候都在正常开行，唯有在那半个小时里短暂停过两次，我清楚地听到哈桑在和车外的人说话，也听到了“塔利班”，不知道是遇到了，还是他们提醒我们前面有塔利班。总之是比较紧张的。终于开了两个小时左右，哈桑最后一次让我苏醒，前方远远地出现了规模较大的城市，他指着说“Ghazni”。很快，两座高耸的宣礼塔也在地平线上出现，我的心怦怦直跳。汽车向右一拐，沿着土路就慢慢来到了塔下。

眼前的一切和在照片上看到的一模一样，只是加兹尼地处海拔2000多米的高原，清晨的烈风呼啸，身临其境才能体味那种苍凉。壮美的原野微微起伏，上面只有少许低草。两座塔相距四五百米，和更西面的一座陵墓、西尽头处的城圈构成自东向西恰如其分的纵深感，在晨光下分外迷人。两座宣礼塔都是曲曲折折的十角星型，在其他地方都没见过。事实上近200年前，十角星上面还叠加了圆筒，很多记录这个现象的画作留存了下来（见封面），而现在上半部分已经塌毁，政府给塔加了两座铁帽子。我正想拿起相机拍照，忽然看到南侧不到一公里处有一座兵营，兵营外有位士兵正在巡逻——这里距离军事设施如此之近，很容易被当成别有用心的人。因而我稍微熟悉了一下那位士兵的行走规律，只有在他背对我的时候才拿起相机拍照，他面对我时就装着往西面走路。马苏德三世宣礼塔在最东面，装饰最为精美。塔身的装饰内容大概分为五层，最下面一层就是单纯的垒砖；二层和四层比较类似，是方框中密集的圆环型纹饰；第三层比较高，有点像国内的格扇门，而格心和裙板是不同的异常复杂的几何图案；最上

马苏德三世宣礼塔细部

面一层最复杂，是一圈用砖拼成的《古兰经》花纹。塔下有大量墙基和建筑基址，向西行走，政府在两个宣礼塔之间修建了步道，步道南侧也有很多墙基，这些可能都是清真寺或者其他公共建筑的留存。在喀布尔国家博物馆，收藏了很多从加兹尼发掘出来的墙板装饰品。

在这种随时都有可能被警察抓住的情况下，我的心真是提到了嗓子眼。拍完了第一个宣礼塔之后，我赶忙换了一张卡，这样即使被抓住，也可以减少照片损失。走到第二座塔下，兵营已经离得比较远了，渐渐不那么担心。第二座塔由在加兹尼建都的最后一位苏丹巴赫拉姆·沙阿（Bahram Shah，1117—1152）所造，外观和前者相差无多，装饰却非常简单，二三四层都是用不同砌砖方式砌成的简单花纹，只有第五层有比较粗陋的《古兰经》装饰。1151年，建立了贾姆宣礼塔的古尔人一举攻破加兹尼城，逼迫苏丹迁都今天巴基斯坦的拉合尔，并于40年后攻破拉合尔，彻底灭亡了伽色尼王朝。巴赫拉姆·沙阿宣礼塔的粗陋，也显示出接近末世的凄凉感。一位老者盘腿坐在塔下，神情肃穆，口中念念有词，见我到来也并不惊慌。哈桑询问后，得知是一位苏菲派的隐修者。风声裹挟着念经声，掠过宣礼塔的墙体呼呼作响，时间仿佛停止下来，我的心里非常安宁。

继续往前走，山坡上还有一座伽色尼时期的穹顶陵墓。墓中有五口精美的石棺，墙上的彩绘图案脱落了六七成，但剩下的颜色也有不同于莫卧儿和萨法维的高古趣味。从陵墓缓步走向城墙，整整两公里的路程，的确有种迈向国都的仪式感。城东还有一小片关厢，穿过关厢的低矮土房，到达高大的城墙脚下，需要绕到城南才能进入，整个过程都仿佛在古代穿行。进入城内，这种感觉更加明显。加兹尼老城大致呈圆角方形，城里的历史街区，风貌算是阿富汗省会里最好的。其所有道路都是土路，清一色的土坯房造型却变化很多，一层到三层以不同连接方式组合在一起，过街楼、望楼穿插在城市里的角落。即使是这么小的城市，在北部还有一座高20米左右的城堡。我本来想爬上城堡向下俯瞰，边爬边拍的过程中，突然看见上面有士兵巡查，吓得我浑身打了一个哆嗦，赶忙背过身子，装作正常走路的样子。接下来又是非常紧张的时刻，士兵以一分钟一圈左右的速度在上面绕圈，每当他走到北面、看不见我的时候，我就立刻开始拍照；估摸着他快转回来了，又赶紧正常走路。最终惴惴不安地又下到城里。

虽然所有房子都是土房，但是屋子里都还有居民，这一点在亚洲绝大多数国家已经很难见到了。街上的行人非常少，我大概只见到三四个女性，都是身着蓝色布卡；而这里的男性却让我感到非常紧张，很多人面无表情地站在巷子里，直勾勾看着我，和喀布尔、坎大哈和赫拉特笑脸相迎的情况都不同。作为塔利班渗透得最严重的城市之一，这里的很多人对外国人比较排斥。最终只在城区的一角，看到了一群放风筝的少年，脸上向我展开笑意，这也是我第一次看到那种类似于《追风筝的人》的场景。在

◎加兹尼的苏菲派隐修者

◎城内街道

◎放风筝的少年

◎从城堡上俯瞰城内土房

这种紧张的气氛下，待了一个来小时，我就撤离了。2018年下半年，加兹尼的形势急转直下，塔利班不断围攻省城，几乎快要占领这里了。在很长一段时间内，加兹尼都将是阿富汗最危险的城市之一。

从加兹尼回喀布尔，仍然是一段睡睡醒醒的旅程。我仔细记录了一下，发现哈桑让我睡觉的节点和次数基本一致，也能证明他的情报是可靠的。大概下午1点我们回到喀布尔，长时间的精神紧张让我几天来第一次感到了疲惫，破天荒地白天睡了一会儿。等到我3点起来，想去看看喀布尔最重要的售票景点——巴布尔花园时，发现因为斋月的原因，下午已经关门了。夕阳西斜，我迷茫地站在花园门口的旧城区里，这有点类似于2014年去马扎里沙里夫之前的时间和心境，接下来就插叙一下那时的境况吧。

前页图：

◎破败的达鲁拉曼宫（Darul Aman）

〔十八〕唯一的公共交通旅程
——北方重镇马扎里沙里夫

2014年的阿富汗旅程，因为不知道能办出签证，所以我的计划不太充分，带有很多试验性质。一开始我希望能从喀布尔穿过整个中央山地到达赫拉特，沿途看看巴米扬和贾姆宣礼塔，英国的亨特兰德（Hinterland）旅行团一直在做这个线路。但实际询问之后我发现这靠个人的力量基本不可能实现。计划就临时改变为乘坐飞机去其他的城市转转。

那是2014年我到喀布尔的第二天。在城里转到中午，我就到旅馆旁边的卡姆航空代售点问问情况。2017年的时候，阿富汗境内的机票已经都可以在我国的去哪儿、携程等网站订到，但当时还不可以。问了以后，我的心凉了半截：巴米扬的飞机虽然第二天就有去程，但是七天内都没有回来的班次；马扎里沙里夫在七天内也没有机票；比较充裕的只有飞赫拉特和坎大哈，但当时坎大哈的情况还不明朗，没有敢去，然而单去赫拉特又觉得有点单薄。这时候卖机票的人告诉我，第二天中午12点半有一班马扎里沙里夫飞赫拉特的航班，而当天下午3点左右，有去马扎里沙里夫的大巴，这条大巴路线是安全的。这样就可以多去一个城市，我立刻就愉快地决定了行程。

退了房拿上了行李，离3点还有一段时间，我就先去城南达鲁拉曼宫附近参观喀布尔国家博物馆。但斋月期间，博物馆中午一点就关了，没能参观成，不过王宫本身还是值得一看。这座王宫是20世纪20年代，由崇尚西化的阿曼努拉汗（Amanullah Khan）建立，这是巴拉克宰王朝后期最伟大的君主。1919年，年仅27岁的阿曼努拉汗在父王被杀和英国入侵的内忧外患中继位，最终击退侵略者，阿富汗取得独立。其后他游历欧亚各国，想让阿富汗走上西化的道路，然而类似于伊朗的巴列维，由于改革速度太快，触及各方利益，他随后被政变推翻，在欧洲流亡30多年。经历动荡之后，纳迪尔和查希尔沙阿相继即位。

从外观上看，达鲁拉曼宫和阿富汗的其他建筑格格不入，充满了西式的趣味，窗户、房顶的形式，都仿佛来自德国或者法国的巨大庄园，只有那千疮百孔的墙体能让人知道这里是阿富汗。而王宫之所以变成这样，原因在于两次改变阿富汗国运的事件。

1979年，阿明政府统治阿富汗，由于政见和苏联龃龉，导致苏联于当年入侵，并于年底进攻达鲁拉曼宫。激烈的战斗中，王宫终被攻陷，阿明与其4个妻子和20多个子女在王宫内全部被杀害。苏联在阿富汗扶植的政府从来没有对全国实施过有效的控制。到了1992年，纳吉布拉政府倒台，喀布尔陷入内战的漩涡，各方势力在这里混战5年，达鲁拉曼宫处于无人管理的状态，不断被炮击、轰炸、火烧，最后成了现在的样子。可以说，达鲁拉曼宫见证了阿富汗100年来的风云变迁，从尝试西化、和平年代

◎达鲁拉曼宫上的弹孔和士兵

到如今的内战泥潭。站在残破的宫殿跟前，向北俯瞰喀布尔的街景，不禁为这个国家的命运而唏嘘。

我绕着旧皇宫走了半圈，想尝试进到里面看看，突然发现二楼有个大兵用冲锋枪指着我大喊，手上不知道在比划什么。我吓得相机差点掉在地上，后来才知道，他是让我给他拍照。绕到后面，发现十几个大兵正蹲在走廊里打牌，看见我过来，还让我跟着一起玩。不过当我提出想去里面看看时，还是被拒绝了，可惜我也没再坚持。后来认识了一些朋友，他们通过给看守一些钱，也就进去看了。内部还保存着不少室内装修，挺值得记录的。然而我2017年再次到达这里，想弥补这个遗憾时，发现整个王宫已经被脚手架罩了起来，维修工作正在进行。相信不久的将来，这座宫殿能恢复它建成时的样子。

之后我到达汽车站，感觉除了残破和尘土飞扬，这里和中国过去小县城的汽车站没有太大区别，一进去就有人问我要去哪儿。回答说去马扎里沙里夫后，就被领到了一个小桌子前买票。车站里也有人叫卖巴米扬、贾拉拉巴德、昆都士、坎大哈等等，看起来非常正常。我大概问了一下，似乎买了票就可以去，他们并没有特别担心我们在路上可能遇到的危险。直到现在，我乘坐公共交通出行也只有从喀布尔到马扎里沙里夫这一次，不太知道阿富汗整体的陆路安全状况究竟如何。

司机说3点半发车，沿途一共大约400公里，大约要开八个小时，似乎还有可能在目的地睡个觉。结果到了4点

◎从纳迪尔·沙阿的陵墓俯瞰喀布尔城区

多，车子仍然毫无动静。车上的窗户打不开，并且没有空调，我观察了周围所有的车好像都是这样，不知道是不是为了防塔利班。在下午的阳光中，车里像蒸桑拿一样热，而我又不想在车子外面这么人多眼杂的地方长时间待着避暑。我看车上离坐满还差很远，觉得可能是坐满才发，于是和司机表达了我出去有点事儿的意思，想再出去迅速看一个景点——位于喀布尔东郊，巴拉希萨尔东面山上的阿富汗两位末代国王的陵墓。

前文提到的希望带领阿富汗西化的君主阿曼努拉汗在1929年被推翻后，曾经被旧政府流放的军官纳迪尔回到阿富汗夺取政权，短短四年后即被刺杀；其子查希尔即位，成为巴拉克宰王朝最后一位君主。一新一旧两座陵墓，如今伫立在山顶上。纳迪尔·沙阿的陵墓，建立于20世纪30年代，位置靠下，大体还是传统的伊斯兰陵墓建筑，上部的麦穗装饰有些西方色彩。陵墓受到了严重破坏，顶部完全坍塌，很多墙体也不复存在，内部只剩下了一块石碑。残破的陵墓衬着下面如地毯一样展开的城区，非常壮美。查希尔的陵墓位置更高，通体雪白，显然是现代风格。查希尔于1933年登上王位之后，大力推动改革，吸收西方文化，引进科学技术，阿富汗经历了发展最辉煌、政局最稳定的40年时光。然而1973年，查希尔被亲苏的达乌德（Daoud）推翻而流亡海外，此后明哲保身不问政事。2002年，当塔利班被推翻之后，查希尔才在美国的支持下重返阿富汗，此时的阿富汗已经不知经历了多少政变与动荡，很难想象这位曾经的君王，面对这满目疮痍会有怎样的感想。2007年，查希尔去世，阿富汗举行国葬，将其陵墓建在能够俯瞰喀布尔全城的这座高山上。陵墓现在几乎没有任何看守，虽然完整，但仍显萧瑟。几十根肉色花岗岩的柱子围绕着中间黑色的石棺，阳光透过柱子的缝隙洒进来，走路的声音在这样的空间里被无限放大，让我略略心悸。不知道如果阿富汗能够一直延续这样的君主立宪，现在应当是怎样的局面。

回到汽车站，车上的人终于多了一点。汽车到6点多才开出，然后又一直在城里磨磨蹭蹭，夕阳西下，竟然还未出城。到了8点，大巴终于驶上了北去的大路，我也终于明白这是个过夜车，为了清晨开到马扎里沙里夫，路上就要耗点儿，所以我就完全不能看路上的风景了。更让人崩溃的是，这车开起来依旧很热，几乎每开20分钟就要停一次，除了耗点儿，更是让快要热死的乘客下车透气。不过路上也有惊喜，晚饭时间，汽车停在了一个大车店，我吃了一顿非常美味的抓饭，后来到了乌兹别克斯坦，觉得都没有这一顿好吃。坐在邻座的阿富汗人一定要帮我付钱，还邀请我到了马扎里沙里夫的时候一定要找他玩，然而时间实在太紧张，我也辜负了人家的热情。大车店里的气氛非常传统，人们都是盘腿坐在毯子上就餐。吃完饭后，正是宵礼时间，全餐厅的人都开始面朝麦加礼拜，场面极为肃穆。

就这样，汗水不知湿透了多少次衣服，到了凌晨4点钟，我被迷迷糊糊地扔到了马扎里沙里夫的夜幕之中，结束了这段噩梦般的旅程。

前页图：

◎巴尔赫的巴拉希萨尔城

〔十九〕探访大夏故地——八卦图一般的巴尔赫城

马扎里沙里夫的海拔很低，虽然靠北，气温比喀布尔还高多了。我身上的汗没有全干，但在凌晨的风中，也不感到寒凉。阿里墓几乎是全城这时唯一一座有灯光的建筑，朝着幽蓝的光线步行，大概半个小时以后就到了大墓旁边。

马扎里沙里夫是阿富汗最北部巴尔赫省的省会。巴尔赫其名，来自于省会西面25公里左右的巴尔赫小镇，这也暗示着那里才是这个地区的核心。在公元前2000年左右，巴尔赫可能就形成了最早的城市，经历了波斯帝国、希腊化、佛教的进入、伊斯兰化、蒙古人入侵乃至帖木儿的统治，巴尔赫一直牢牢占据着政治文化高地。而马扎里沙里夫，仅仅是在当地哈扎拉人的传言中，埋葬第四任哈里发阿里的地方。阿里是世袭制度之前的最后一个哈里发，因为和妄图篡位的叙利亚总督穆阿维叶（Muawiya）发生战争，在胜利势头下停战的举动引发手下人不满，于公元661年在伊拉克库法（Kufa）被刺杀，伊斯兰世界自此进入以大马士革为首都的世袭倭马亚（Umayyad）王朝。库法人不接受这一结果，于680年拥立在麦地那的阿里之子侯赛因（Hussein）北上，抵达卡尔巴拉（Karbala）时，被倭马亚王朝军队包围，全部殉难。这一事件引发穆斯林的大分裂，一部分穆斯林认可阿里及其后代为先知的合法继承人，成为什叶派，其余基本为逊尼派。侯赛因之后，被迫害和殉难如影随形，圣墓和圣徒崇拜在什叶派的宗教生活中占据重要地位。侯赛因殉难的卡尔巴拉所建陵墓成为最重要的圣地，而阿里墓也非常重要。

虽然绝大多数穆斯林都认为阿里埋葬在库法城西、现今的纳杰夫（Najaf）城，但信仰什叶派的阿富汗哈扎拉人则认为，阿里被秘密地转移到了巴尔赫，并埋葬在巴尔赫的城郊。据说在公元12世纪，当地400多名贵族同时梦到了阿里陵墓的精确位置，前往发掘时果然发现了阿里遗体。当时统治这里的塞尔柱苏丹就在遗体发现的位置建立了第一座纪念建筑，但很快蒙古人的侵略将这座坟墓夷为平地。至帖木儿时期，在赫拉特建立了巨大清真寺的末代苏丹侯赛因·忽辛·拜哈拉重建了这座坟墓，形成现代看到的结构。帖木儿时代之后，巴尔赫城逐渐衰落，19世纪开始，因为水患、传染病严重，行政中心逐渐东移到阿里墓附近，围绕陵墓形成了新的城市，其规模远远超过了旧城。马扎里沙里夫在当地的语言中，就是尊贵的墓地的意思。这有点像伊拉克的库法与纳杰夫城的关系，两座阿里墓都在旧城的市郊，之后反而陵墓区的发展势头压过了旧城。

◎夜色中的阿里墓

◎阿里墓的穹顶

夜幕下的阿里墓庄严肃穆，蓝色的釉砖被蓝光照亮。作为单体建筑，其规模似乎是我见过的同类陵墓里最大的；其结构之复杂，我观察了内外也没完全搞明白。陵墓平面呈南北长、东西短的长方形，大门开在正南面，有很浓的莫卧儿风格；大门之北有两个较大的穹顶，偏北的最大最高，两个穹顶四周还有五六个较小的穹顶，分布没什么规律；为了包绕这些分布随意的穹顶，陵墓外墙曲曲折折，而大穹顶下面还有二层和三层的结构，显得更加壮观。陵墓的南、北、东侧各有一座大门，西侧有一座清真寺；三座大门的两侧都有两座高耸的宣礼塔，形制和大小都不相同；北门、南门、东门依次减小，远远看去，和陵墓相配合而非常有层次感。陵墓四周以矮墙环绕，内部铺以大理石，来访者需要脱鞋才可以进入院落。

即使是凌晨4点，大理石的地面上还是散布着近百个朝圣者，可以想象白天的火爆。悠扬的邦克声响起，正是晨礼时分，陵西上百个穿着传统长袍的当地人，在夜幕中背对着陵墓虔诚朝拜，那种景象既诡异又感人。当人群散去，阿里墓的灯光也逐渐熄灭，晨光在东方蒙蒙亮起，我也正因为一晚上没睡觉而昏昏沉沉，恍惚中好像真能感到宗教在这座陵墓上的伟大力量。

我傻乎乎地向着建筑内部走去，还没有来得及对其精美的拱顶感到震撼，阿訇就过来请我出去，互道“赛俩目”以后才得以入内。陵墓的内部装饰比外面更加精美，大致有前后两个厅，前面长方形，后面正方形，上面对应着两个大穹顶。其内部设计和伊朗的差不多，都是下部方形通过一定结构转成上部的圆形，但是穹顶存在多个同心圆形的转折，在视觉效果上更加繁复。朝拜路线分为男女两条，阿里圣墓就放在后部穹顶正下方，使用方格形状的金属栏杆围绕，很类似伊朗、伊拉克的圣墓，只是前者色调比较偏蓝。当时，这是我去过的第一个什叶派圣地，里面的气氛非常独特：马什哈德、卡尔巴拉的宗教情绪比较炽热，很多人会抓着圣墓的铁栏杆痛哭；而在这里，大部分人贴着墙脚而坐，对着圣墓默默垂泪，空旷安静中甚至能听到眼泪掉在地上的声音，那场景让我也几乎快哭了出来。我坐在那里一句话不敢说，一点也不敢动，生怕做错了什么。但渐渐地还是有当地人围过来，面带微笑说着我听不懂的话，唯一听懂的大概就是“Welcome to Afghanistan”了。

走出陵墓大门，初升的太阳已经挂在地平线上，蓝绿色的陵墓更添满目金光。穿着传统服装的男男女女，映衬在清真寺复杂的几何形拼贴外墙之上。这里的女子很少穿布卡，大多身穿卡多尔，也有只戴头巾的，和巴米扬一样，这些什叶派的哈扎拉人相对比较开放。男士们有的依靠在墙根上，有的坐在草丛里，见到我便要握手鞠躬。清真寺外面的广场上，上千只白鸽在草坪间或飞或落，这一景象在阿富汗的1尼和1000尼纸币两次出现，是远近闻名的风景。传说这片土地有神力，只吸引白鸽子，如果有灰鸽子到了这里，40天后也会变白。这时我感觉自己并不在

◎阿里墓附近草丛里的当地人

◎阿里墓附近清真寺外的广场

一个战火纷飞的国家，鸽子带来的虚妄的和平感，实是希望能扩散到这个国家的每寸土地上。

离开阿里墓，还没到早上7点，我按照阿富汗卷的《孤独星球》（*Longly Planet*，简称LP）的指示向城西北方向走去，去坐到巴尔赫小城的巴士。前文已经说到，巴尔赫是阿富汗北部最重要的城市，传说琐罗亚斯德教的创始人出生在这座城中，并在这里第一次宣讲教义；波斯、亚历山大的征服，给这里不断带来新的文明，而希腊化之后，这里又成了巴克特里亚王国，也就是中国史书中说的大夏的首都；贵霜统治之下，巴尔赫成为一片佛国，玄奘来到这里时，称这里为“缚喝国”，记载城内伽蓝百有余所，僧徒三千余人，有小王舍城之称。甚至阿拉伯人到来之后，佛教仍然在伊斯兰教的冲击下存活了将近100年。

虽然巴尔赫的前伊斯兰文明如此灿烂，但是如今在地面能看到的建筑，基本都是伊斯兰化之后的，唯有考古发掘和村民耕地之时，才偶尔会露出一些早期的物件。由于蒙古人将城市几乎夷为平地，目前的巴尔赫城墙主要重建于帖木儿时期，位置和前伊斯兰的巴尔赫差不多。城墙结构很不规则，城北内城也称为巴拉希萨尔，基本是正圆形，保存得很好；外城从内城南部伸出，西支先向西北方向修筑，然后向南，保存还不错，东支向东再向南，损毁严重；南墙是唯一的直线墙体，大概有更为晚近的补修，保存最为完整——内外城加起来超过12公里，规模宏大。

从城东进入城内，车停在中心公园。我首先找了一辆出租车，去城北的巴拉希萨尔城堡。在城东的棉花地里观看，城墙高耸如土堆，高度达十几米；马面特别稀疏，整个一圈大概只有五六个，都是圆形，且和城墙稍不相连，颇有古风。站在城上观看，城里空无一物，只有西城墙附近有几个小型的墓，仿佛巨大的陨石坑。外城大概只有内城的一半高，从西城墙断断续续向原野中伸出。这里四望平坦，城墙规模确实巨大，外城的西城墙在这里几乎看不到了。这种格局非常类似土库曼斯坦的梅尔夫城。

看完城堡我便乘车进城，在路上感到了巴尔赫完全不同于一般伊斯兰城市的规划。它的大街非常宽阔笔直，从地图上看，城中心是一个圆形公园，围绕公园修建了8道圆形的环路，每条环路之间相距不到50米，总体是同心圆格局。从中央广场发出8道射线形状的道路，将城市均匀分成8份。回来查询文献才知道，政治中心转移到马扎里沙里夫后，巴尔赫持续衰落，到了20世纪初，城内几乎变成废墟，仅有500户左右居民。至1934年，查希尔政府重新规划了城市。这个格局非常像中国著名的八卦城特克斯，并且规模更大，年代也早几年。

回到中心公园，阿布·纳斯尔·帕萨（Khwaja Abu Nasr Parsa）之墓就在公园的西南角，这座墓建于帖木儿时期，是巴尔赫城里现存最重要的地面建筑。但一看到外观我就心凉了半截，陵墓在大修！外面全是脚手架子，不过没有纱网将陵墓遮起来，所以勉强还能看。它的外观和乌兹别克的非常相像，尤其是包子褶一样的穹顶，非常有帖木儿特色，虽然规模不大，但在乌兹别克的遗迹整体修缮过度的情况下，这个小麻札还是有其可看之处。可惜因为维修而不能入内。

刨去麻札，城市中心的小公园其实非常有意思，这是我唯一一次看到阿富汗人在城市世俗公共空间的状态。巴尔赫作为边远小城，男子的着装非常保守，90%都是传统大袍。有趣的是，公园里的女性比例特别高，女性甚至比男性还多，这在阿富汗的街头很罕见，不知道是不是因为公园内埋葬着波斯语世界第一位女诗人拉比阿·巴尔希（Rabi' a Balkhi）。她生活于公元10世纪的萨曼王朝，有着王室血统，因为爱上了宫廷里的奴隶而被兄弟割断了血管。她在生命的最后一刻，用血在浴室的墙上写下了最后的情诗。这种在伊斯兰世界罕见的女性的反叛，或许冥冥中吸引着这么多女子聚集于此。从长相上看，这里明显有哈扎拉人和塔吉克-乌兹别克两种人，除哈扎拉以外的女性多穿布卡，且除了蓝色以外，还有很多白色的。一对对男男女女，穿着各色传统服装，领着小孩子，在草坪上、在树下聊天散步、嬉戏打牌，那种平静让人非常喜爱。

离开了公园，我开始在老城里游荡。虽然这里的城市规划至今还不到100年，但民居的样子看不出任何现代化的气息，目之所及全部是土房子，连两层楼都没有。和喀布尔相比，这里的房子在外立面上几乎不使用木头，甚至房顶都不用，而是起一个椭圆形的穹顶。其城区布局极为疏

◎巴尔赫的巴拉希萨尔城远眺

◎巴尔赫城内的阿布·纳斯尔·帕萨之墓

朗，房屋密度很低，很多街区甚至沦为树林和荒地，有老者骑着毛驴在树林中穿行，和阿凡提动画中的一模一样。

我设计了一条一笔画线路，想走遍二环内的每一条大街，然而每条大街、每条巷子都长得差不多，走着走着就不知道转到中心公园的哪个方向了。在城里我遇到一个会说英语的小伙儿阿里，一定要陪我同游。他向我介绍了巴尔赫的历史和文化，并且提醒我处处小心，因为这里也有塔利班。他说的话似乎在后来得到了印证：2014年以后，巴尔赫的安全状况越来越差；自2016年开始，驴友反映几乎没有司机愿意从马扎里沙里夫过来了。小伙儿在跟我一块走的时候，一直把脸遮着，说如果当地人见到他和外国人这么亲密，可能会说他的闲话。最终我们散着步回到公园，他在告别之前，说非常希望能到中国看看，问我大约需要多少钱。我尽量说低了数字，估量着经过塔吉克斯坦陆路到中国的价格。但即使是这个价格也把他吓了一跳，他一个劲儿地叹息。9点左右，集市逐渐在城里出现，大街上热闹起来，这真是一个观察当地人的好机会，相比于喀布尔和赫拉特的现代化气息，巴尔赫除了车辆以外，简直是中世纪的再现。

上午10点，我包车准备去城外的几个景点，然后直接去马扎里沙里夫机场赶飞机。车从城南穿出，南城墙外有一小片比较密集的村落，据说是巴尔赫城比较古老的聚居区。尘土飞扬的街道后面，高达十几米的城墙巍然伫立，很像在北京南城眺望内城城墙的老照片，不过这里城墙上

◎巴尔赫中心公园中游玩的当地女性

◎巴尔赫街头的人群

◎巴尔赫城中骑着毛驴的老人

密集的马面都是圆形的。一位大爷看我一直把相机举过头顶拍照，心领神会，赶忙让我上了他家房顶——椭圆形穹顶的村落铺展开来，和树木形成了纯净的双色画卷。

继续向城南开行。在巴尔赫的南郊，有阿富汗乃至整个中亚-伊朗地区年代最早的清真寺，名为诺贡巴德（Noh-Gonbad）。此清真寺建于公元9世纪，年代和风格都和伊拉克的萨迈拉类似，柱子和拱券上的灰泥装饰非常高古。这座清真寺的平面格局也很有意思，是由九个穹顶组成的梅花状平面，除了拜向以外，三面敞开，像个小亭子，当地也俗称其为九穹顶清真寺。这座建筑现在整个顶部都已经塌毁，仅剩下柱子和部分拱券，外面用铁丝网围住，还盖上了遮雨棚。院子里面有位老人，跟他说明来意想进去看看，无奈怎么说好话甚至给钱都没用，只好在铁丝网的缝隙中拍了拍照片。

坐车到机场大门，竟然连航站楼都没看见，原来在距离很远的地方就设了一个大门，安检之后才能进入内部区域。这是我见过的最小的国际机场，据说现在已经没有飞往国外的航班了。飞机很大，乘客排成一条长龙，步行近500米从航站楼过去。飞机挤得满满登登，快要落地赫拉特时，几乎拐了十次大弯，忽起忽落，令人头疼欲裂，不知道是不是传说中躲避火箭弹的常规操作。

◎巴尔赫的南城墙

◎诺贡巴德清真寺柱头细部

◎马扎里沙里夫国际机场航站楼

前页图：

◎巴布尔花园主体建筑的彩绘

〔二十〕 巴布尔花园周边的喀布尔

时间回到从加兹尼回来之后的喀布尔。虽然2017年再访巴布尔花园失败，幸好2014年我已经去过了。巴布尔花园是喀布尔城里最重要也是唯一售票的室外景点，原因不仅在于花园本身，更在于巴布尔这位伟人对于喀布尔的重要意义。

喀布尔在蒙古人之前的历史不甚清楚，因为蒙古人几乎完全摧毁了这里，不过喀布尔令人印象深刻的城墙，应该在蒙古人之前就有了，很多古籍和绘画对它都有描绘。虽然现在的喀布尔几乎铺满了其所在的整个小盆地，但在现代化之前，旧城应该全部被包绕在城墙之内。城墙大约呈椭圆形，周长超过10公里。南墙和西墙在山上，保存很好；东墙和北墙应该在平地，基本消失不见。南墙和西墙所在山体被喀布尔河穿过，形成一个狭窄的隘口。巴布尔在隘口之外一公里处修筑了一座边长大约300米、坐东向西的花园。当时这应该是一个类似颐和园的郊野行宫，但是现在它已经被山坡上层层叠叠的民居包裹。

2014年，我来到巴布尔花园是在前往艾娜克失败之后。从东面进入城区，我第一次体会到了喀布尔的堵车，等车辆缓缓地通过那个山河相接的隘口，道路瞬间通畅，大概因为这里的瓶颈作用太强。

巴布尔花园的门票大约30元人民币，总体来说，阿富汗的景点门票相对于印度和巴基斯坦的偏贵。这是一个典型的轴对称波斯式花园，其主要建筑只有一个，就是雄踞在东面山坡上的一座亭阁式建筑。这座建筑前面是阶梯状的跌水，不过现在一点水都没有。资料表明，这座亭阁是巴拉克宰王朝的埃米尔阿卜杜拉·拉赫曼汗（Abdur Rahman Khan）在19世纪下半叶重新修建的，并且因为花园在阿富汗战争中受到了很大的破坏，之后经过了接近10年的重修，因此整体缺乏古意。拾级而上，发现很多树木都是新种植的，树根上有移栽来的痕迹，三三两两的青年男子依靠在树荫下的草丛中，衬着外面山坡上的破房子，仿佛不是在一个世界。走到主体建筑处，墙壁簇新，柱子雪白，只有天花板还保留了一些彩绘的原貌。在这里，我遇到了四五个喀布尔大学的学生，他们的学校就在巴布尔花园的西侧对面。学生们见到我特别兴奋，一个接一个要跟我合影，还要带我去探索这个花园。聊起来才知道他们在学校的孔子学院上过课，对中国非常感兴趣。同学们叫来了公园里一位年长的园丁，说他拿着一些重要区域的钥匙，随后就簇拥着我，一起朝着更高的地方走。主体建筑的东面，是一个坐西向东的小清真寺，面阔三间，进深一间，然而这么小的清真寺却用白色大理石精雕细琢建造。回来以后我才知道这是莫卧儿最著名的君主、建立了泰姬陵的沙贾汗在1638年拜谒巴布尔花园时所建，它可能是全阿富汗最精美的莫卧儿建筑了。在这座建筑的后面，园丁

◎巴布尔花园内部的跌水

◎巴布尔花园主建筑的柱廊

◎喀布尔大学学生在沙贾汗清真寺

非常庄重地打开了一扇木门，里面有一座四周被镂空的白色大理石石板围绕着的陵墓，同学们骚动起来，一定要让我跟这座墓合影。真的是非常后悔自己这一趟在攻略上的失误，我当时竟然不知道这座小小的围院就是巴布尔大帝的长眠之处，悔恨自己的反应没有迎合同学们和园丁的热情。

巴布尔怀着复兴中亚故土的期盼，于1504年占领喀布尔，并以此为根据地，然而几次攻回河中地区都以失败告终。他于无奈中挥师南下，恰逢德里苏丹国正在衰弱时期，竟于1526年攻破德里，然后势如破竹横扫次大陆大部，基本统一了混乱的印度诸王朝，拉开了一个伟大时代的序篇。在这之后，我去过德里的胡马雍墓、阿格拉的阿克巴墓、拉合尔的贾汉吉尔墓乃至伟大的泰姬陵，回想起喀布尔这个小小的坟冢，不禁感慨历史进程的不可预测。

离开巴布尔花园，已经接近日落时分，我步行向城里走去。在隘口处看见两边的城墙后，我就想爬上去看看。从侧面看喀布尔河南段的墙体，其陡峭让人吃惊——它差不多以40度角，从河边直插到山顶。城墙下面现在已经不分内外，到处是密密麻麻的小土房子，道路不太明显。我从房屋中间穿过，路上的小孩子对于我的出现疑惑多于兴奋。很多当地人都不建议外国人攀爬建在山上的房子，据说这里的居民比较贫困，存在抢劫的可能。我没遇到过，但在2017年再次爬这里时遇到了一定的麻烦，那时我的运动鞋湿了晾在旅馆里，穿着一双拖鞋上山，实在费劲。向上的道路很难找，越过了好几堵残墙，已经是筋疲力尽。

◎巴布尔之墓

这时，一位光着膀子的大叔从屋子里看见我，摊开双手问我来干什么。我指了指上面的城墙，他就微笑明白，示意我从他家里穿过去。当我进入他家的时候，一院子女眷几乎在两秒钟内就消失了踪影，大叔对她们喊了几声，又对我笑着说了什么，可能是让我不要见怪。大叔的小儿子也跟了出来，陪我一起上山，拐了两三个弯，所有的房子就都在脚下了。土黄色的城墙屹立在山石上，城墙用方形的石块垒砌，底部大概2米多宽，顶部略超1米，高度超过4米，相比国内的非常轻薄。朝外朝西的部分有砖砌的锯齿一样的垛墙，朝内是石头铺成的坡面，也许原来是台阶。父亲仍旧光着膀子，这在阿富汗这样的宗教保守国度还是挺危险的，大概是急着帮我而没来得及穿衣服。他把儿子拉到身边，一定让我给他们和城墙拍一张合影。想来他们虽然住得离城墙这么近，也许还没机会拍这样一张照片。

父子原路返回家里，我看着陡峭的城墙，心里有点打鼓。太阳还有十几分钟就落山了，上面还是一眼望不到头，并且实在太陡。思前想后，我稍微往上去了一个开阔点的地方，就决定在这里看日落了。

喀布尔城里虽然没什么工业，但是总飘着淡淡的雾霾——这大概率是无止息的风扬起的尘土。向西望去，太阳贴着山头，喀布尔河如一条金带蜿蜒在山谷的绿色中，两边的山和房子都是土黄色的，两色映衬。向东望去便是主城区了，隘口的形势看得格外明显，喀布尔仅有的几座高楼夹在两山之中，北山上密密麻麻的房子都坠入阴影，

◎喀布尔的城墙

◎在城墙上合影的父子

前景中的枣红色的阿卜杜拉·拉赫曼汗清真寺和蓝白相间的双剑王（Shah-e Doh Shamshira）清真寺最为显眼。前者建成于2009年，是喀布尔城里最大的清真寺，也是从城区去隘口以外必须经过的地方；而后者扼守喀布尔河北岸，建立于阿曼努拉汗西化改革的时期，使用了拜占庭教堂的形式加上童话般的蓝白配色，是喀布尔最著名的建筑之一。山头拖下的阴影将这些景物逐渐吞噬，在昏礼的邦克声中，我慢慢下山，途中仍旧吓跑了几拨在水边洗衣服的女子。

回到旅馆天已大黑，听从旅馆老板的建议，打车去新城中心区的沙赫瑙（Shahr-e Nau）公园附近吃饭。和赫拉特一样，夜间的喀布尔也是没有路灯的，但是街边的商铺非常繁华，足以将外面照亮。这一带全部都是餐饮店，因为斋月，现在正是人头攒动的时候。新城区的女子相对比较时尚，大多简单地包着头巾，如果单看街景，会以为这就是一个普通的伊斯兰国家。喀布尔的烧烤非常物美价廉，人均大概20元，就能得到一份十几块烤羊肉和薯条组成的套餐，配料的感觉更类似中亚和新疆，而比伊朗和巴基斯坦的好吃很多。

吃完饭返回时，我遇到了至今都没搞明白的一个有些危险的状况。夜市上有非常多乞讨的小孩子，他们手里拿着装满炭火的罐子，要钱的同时，把罐子荡来荡去甚至甩成圆周运动。我端着一杯果汁，一边躲避一边喝，然而小孩子们层出不穷，吓得我跑了好几个路口。幸而有大人不断出现将小孩子抓住并批评教育，还不忘跟我道歉。很多来这里的中国游客都遇到过类似情况，不知道是真的在讨钱，还是单纯想给客人表演杂耍？

时间线重新回到2017年。再次探访巴布尔花园吃了闭门羹以后，我逡巡在喀布尔河边，决定下一步去哪儿。这时，一位英语很好的小伙儿开车停在我面前，问我在这儿干什么。我说我是中国人，来阿富汗旅游。他表现得非常有兴趣，不仅邀我上车，还说自己下午没事儿，愿意带着我到处转转。

我小心翼翼地问他的姓名和族属，他说自己叫尤素福，是普什图人。这让我喜出望外，因为普什图人在阿富汗相对比较吃得开，和他们在一起更有安全保障，但普什图人普遍排外，很难遇到英语这么好还愿意接触外国人的。当时我遇到的一个棘手问题，是在巴米扬被耽误了一天后，在喀布尔已经没有上午的时间了——我需要把飞坎大哈的航班改签到下午，以便前往仅在上午开放的喀布尔国家博物馆，但那个航班属于一个无法网上购票的航空公司。我把我的需求告诉了尤素福，终于有个能明白这么复杂内容的当地人。十来分钟以后，他就把我带到了新城区的一个机票代售点。

我拿着打印出来的原本清晨飞坎大哈的卡姆航空的机票，通过尤素福的翻译，跟柜台的姑娘寻求解决方案。姑娘操作了一会儿，竟然就跨航空公司把机票改出来了，并且因为票价相同，并没有补差价。困扰了我几天的问题一下就解决了，心情特别舒畅，才知道阿富汗这样的国家，处理这类问题竟可以这么简单。

前页图：
◎大巴扎和砖桥（Pul-e-Khishti）清真寺

〔二十一〕从卡尔加湖到大巴扎，和尤素福的一面之缘

改完了机票，尤素福跟我说喀布尔郊外有个特别有趣的地方，一定要带我去看看。我追问是哪里，他却卖着关子不说。汽车从新城区一路向西，路两边的房子渐渐稀落，我开始有点担心，一直盯着手机，看他要把我带到哪儿。在地图上已经没有岔路之后，我看见前进的方向上有个大湖，正是LP上介绍的卡尔加（Qargha）湖，我问尤素福是不是去这里，他看着我的地图非常惊讶，大概是没想到这样的景点在地图上都能标出来。

去的那天刚好是星期五，离湖边还有几百米就开始堵车，这里的游客竟然这么多。湖面泛着金光慢慢在西方出现，到了湖的南岸，这个大概有两公里长的大湖，东岸停了四五十辆汽车，几百个当地人散布在湖边，几乎把湖岸塞满。湖水的颜色非常有趣，靠近岸边的是混黄色的，而进入湖内大概50米就成了青玉的颜色，虽然与班达米尔湖差得很远，但是在城市近郊，这确实算是不错的景点。喀布尔人同任何一个大城市中的居民一样，也有着放松和娱乐的需求，尤素福介绍，这就是他们周末最爱来的地方。这个景区没有门票、没有规划，私家车、出租车都停得离湖边很近，几乎扎进了水里；而更多当地人则是骑着摩托车或者坐公交

◎乘坐尤素福的车

◎卡尔加湖湖边的人群

◎卡尔加湖湖边的汽车

车过来，成群结队地在湖边散步，挖挖沙子、拨拨湖水，或许这就是属于战乱国家的百姓难得的轻松时光。宗教的禁忌仍然存在，没有一位成年女士出现在这个场合，而大部分男子仍然穿着长袍掖着裤子，生怕湖水将衣服打湿。湖里只有二三十人在游泳，绝大多数都是小孩子。也有大人一时兴起要去湖里泡泡，不过也都穿着日常的衣裤。尤素福很喜欢这里，他也把车子贴在湖边，坐在离湖一两米外的沙子上，淡淡地看着西山上的沙尘，又不时冲我微笑。

回城路上，尤素福表示未来几天他都有空闲，如果我有需要可以直接叫他出来。我赶忙就和他互留了手机号，结果这就是和他的最后一次接触了。我的手机在离开他不到20分钟之后就丢了！

尤素福问我回城后去哪儿，我想说就在旧城区随便转转。车子停在砖桥清真寺旁边。这座清真寺是查希尔当国王的时候建造的，位于喀布尔老城核心区的一座桥南侧，虽然历史并不悠久，外观也不好看，但是它的地理位置实在是太关键——这里几乎是进入老城的必经之路，因而它也被印在了100尼的纸币上，为每一个当地人所熟知。喀布尔老城区都在城墙以内，大概呈椭圆形，东西长超过5公里，南北宽超过3公里，规模非常庞大。城区在阿曼努拉汗时期开辟了十字街，东西向的街叫Maiwand街，南北向叫Shor Baazar街，城区形成了大致均等的四个部分。喀布尔河在老城北部蜿蜒穿过，因而北岸只剩下很少一部分旧城。原本的城区只占据了西山和南山环抱中的一小片平地，但因为城市人口的无序扩张，民居不断向山坡蔓延，城墙以内的建成区也扩大了很多。砖桥清真寺位于Shor Baazar街与喀布尔河交汇处的西南角，从北面一过河就能到达。

这是喀布尔最繁忙的一座河桥，小摊、行人和车辆混作一团，阳光在人的夹缝间通过空气洒下光束，光影变幻让人迷乱。河桥最窄之处，连行人都难以从容穿过。在2014年的时候，我就特别担心这种地方会发生爆炸，因为人流量实在太大了。再次来到这里的一大目的，其实是想去清真寺里面看看。

快到晡礼时分，我不想跟礼拜时间冲突，匆匆忙忙就往里走。没想到清真寺里面那么安静，上百个人松松散散坐在礼拜毯上，竟然没有一点声响；而我的动静可能太大，一下子很多人回头看我，屋里显得更加寂静。我赶忙右手捂住胸口，点头微笑着向里面的人轻声道了一句“赛俩目”，寺院里的人们都异口同声地给我回礼，近百个声音回荡在穹顶下，震得我发懵。类似的情况也出现在我从喀布尔国家博物馆回城的时候坐的公交车上，每一位乘客上车，都会对其他人问好，而全车人也会一起回礼。

但我最不想遇到的一种情况，就是被大量不明身份的本地人同时注意到。身旁一位须发皆白、缠头飘逸的老者用当地语言轻声问我是不是中国人，我点点头后，老人随后郑重地用“按色俩目而来库目，我热哈麦统拉黑，我白热卡图呼”的全称向我问好，让我不知该怎么应答。我指了指相机，指了指清真寺内部，问能不能照相。老人点了点头，我这才边照相边观察这座清真寺。这里其实没有太多特色，陈旧和素净占了主导，穹顶使用蓝色肋条作为装饰，还是挺小清新的。没拍两张，有个年轻人过来阻止我拍照，面露不善，我也赶快识趣地收起相机，准备趁机溜走。这下吸引来了更多年轻人帮我拦住那个人，示意我可以继续拍照和游览。那一刻我还是很感动的，很多次遇到对外国人不友好的人，然而更多友好的人，总会第一时间站出来帮我解围。晡礼的邦克声已经响起，新来的几个年轻人示意我和他们一起礼拜，但我以没有小净为由拒绝了，自拍了几张后我们挥手作别。

我边往外走边掏衣兜，突然发现手机不在了！我吓得丢了半条魂，因为在这样的国家行走，失去了手机联系人倒不害怕，而手机上的地图、定位等功能可是太重要了。我的第一反应就是落在了清真寺里。虽然礼拜已经开始，我还是硬着头皮摸了进去，在念诵《古兰经》经文的背景音中疯狂寻找，并没有找到。之后我便坐在清真寺门口的台阶上，一点一点地翻包的每一个夹层，还是没有。刚才还喧闹的清真寺外，变魔术般一个人都没有了，我在大寺的影子里听着满城的经声，在35℃的气温下竟然哆嗦起来。我再也不能知道自己具体在城市的什么方位，不能通过卫星图寻找保存良好的旧街区，也不能随时监控司机有没有把我拉上错误的路线；我用来问路的图像，连带这么多天积累的好朋友也都丢失了，尤素福这个好不容易认识的普什图朋友也只结了一面之缘。回想起来，手机可能是在拥挤的桥头就被人偷走了吧。

◎砖桥清真寺内部

前页图：
◎双剑王清真寺

〔二十二〕 喀布尔巴扎和老城区

这天原本的计划是逛喀布尔的巴扎，这里的巴扎不像伊朗和土耳其那样是一连串券顶或者穹顶组成的隧道。它们主要分布在老城的Maiwand街以北，其实就是很多纵横穿插的小巷子，尤其在西北片的鸟巴扎，是非常有阿富汗特色的区域。

2014年来这里时，是抵达喀布尔的第二天早上。我5点半出发，也是停在砖桥清真寺的旁边。太阳刚刚升起，沿着东北-西南走向的喀布尔河端端正正照过来，河道像是光线的通道。这里和恰赫恰兰一样，一大早街上就非常热闹了。

这一段的喀布尔河边是阿富汗最美的街区之一，道路两边的房子有些像西式小别墅，尽管都是两层，但是外立面上有多种变化。房屋的颜色也非常活泼，淡黄、淡紫、橘黄等多种明艳又不跳脱的颜色交替搭配，让这座主体是土黄色的城市有了勃勃生机。站在河北岸向南看，西洋样式的房子中，有一座传统风格的穹顶陵墓，这是杜兰尼王朝第二位沙阿提姆尔的墓，他把统一的国家首都第一次搬到喀布尔。道路的尽头是两山相夹的隘口，罗马柱式的双剑王清真寺立于隘口的正中间，山形水势非常和谐。初升

◎喀布尔河两岸的西式房屋

◎喀布尔河和两岸的房屋

的太阳映照着清真寺的正立面，三三两两的当地人在阳光下拖着长长的影子走在彩色的房子前，唯一让人出戏的，是喀布尔河河滩上数不清的垃圾。阿曼努拉汗怀着把国家带上现代化、西化道路的愿望营造了这一切，而他料不到，这一片到现在都超前于阿富汗社会的街区，将近百年后会比那时更加保守。2017年我再次走过这片街区，在提姆尔·沙阿陵墓的河对岸，赫然立着一座白色的纪念碑，基座上用黑色石头雕刻着一个披头散发绝望痛哭的女子，揭示着2015年3月19日那一场震惊世界的惨案。

这个事件也就发生在我第一次前往阿富汗之后半年，穆斯林女子法尔昆达（Farkhunda）在双剑王清真寺与神职人员发生争吵。神职人员恼怒之下，竟然对外散布法尔昆达焚烧了《古兰经》的谣言。周围的普通民众听到这件事后异常愤怒，他们不容法尔昆达辩解，就开始疯狂殴打她，撕去她的衣服，扯去她的头巾，并逐渐升级为用石块、木棒殴打。不解气的民众随后又把她绑在汽车后面拖行至奄奄一息，然后放火将她烧死，最终将烧焦的尸体抛入喀布尔河中。这次事件在阿富汗国内引起了很大震动，随后爆发了多场抗议，大量女性罕见地走上街头，为法尔昆达的不幸发声。最终，十几名女性抬着她的棺椁，进行了一场非常有仪式感的葬礼，而杀害她的暴徒们，有10多人被处10—20年不等的徒刑。这看起来是个能令人勉强接受的结果，但细思恐极的是，平息大家怒火、让大家开始为她申冤的很大原因，是警方经过调查后发现，法尔昆达并没有烧毁《古兰经》。所以，如果真的烧毁了呢？就应该是这个结局吗？站在这座纪念碑前，望着来来往往的一张张淳朴善良的面孔，很难想象这里曾经发生过这样的事情。人性善恶的转变，经常就在那一念之间。

从河边向南钻进巷子，就进入巴扎区了。绝大多数的商铺现在都已经营业，小巷子里大致形成了固定的分区，卖干果、衣服、地毯、书籍的商铺各自归位而聚集在一定的区域内。摆放的商品散乱而鲜艳，各式各样的干果、水果、布匹，喧喧腾腾占去了多半道路，每一样都铺成一个很大的色块，互相穿插中颇有美感。到了上午10点的时候，巴扎里的人多了好几倍，满街的摊子和人几乎错不开身。我挤得满头大汗，却非常喜爱在这样的空间中穿梭。喀布尔初级生活物资品种之丰富让人惊叹，比巴基斯坦和伊朗的品种都更多，和中亚地区比较相像，都是在饮食上更会享受的民族。相比于伊朗和乌兹别克斯坦较为规范的市场，这种完全自由摆放的市场模式充满了魅力，几乎所有人都穿着传统服装，和大胡子的长者、穿着布卡的妇女在市场中不断擦肩而过，那种仿佛穿越回中世纪的感觉非常奇妙。

逛完了这些市场，我又来到了LP特别推荐的鸟巴扎参观。这条巷子特别狭窄，也就能容四人并行，而鸟笼子从街道两边支出来几乎就占了半条街道，行走其间，几乎就是在鸟笼间躲闪。这些鸟笼子都是用木条精巧地穿插而成的，不是外界的工业化制品。保守的穆斯林群体不是很

◎河边的纪念碑

◎在河对岸看提姆尔·沙阿的陵墓

◎喀布尔卖布的巴扎

◎喀布尔卖地毯的巴扎

◎喀布尔的鸟巴扎

◎喀布尔的干果巴扎

爱养宠物，在喀布尔几乎无人养狗，猫大部分也是半野生的状态，只有鸟为当地人所喜爱。爬山的时候，即使当地住户十分贫穷，我也经常能看到房前屋后有一两只鸟笼，还有放在地上的个头很大的鸟，这也算是阿富汗人在保守的宗教生活之外一点小小的世俗追求。

在所有的巴扎里，我最喜欢的还是干果巴扎，一堆一堆的无花果、杏仁、开心果、花生被放在巨大的圆形铁盘里，堆积如山，真是恨不得把它们都搬到家里，因为这里的价格实在太过便宜，连伊朗也不能相比。尤其是原产于阿富汗的、在国内称为巴西松子的品种，在那里的几天我真是吃个没完。在这里我犯了一个错误——问完了价格之后我一高兴就尝了个杏仁，结果一市场的小贩都露出了惊愕的表情。阿富汗的斋月实在太严格了，因而从那以后，我一直随身搭着一个大头巾，平时盖在头上，想喝水的时候用头巾裹住水瓶送到嘴里。

2017年再次来到巴扎，当年的禁忌都不会再犯了。我原本在手机上提前标注了大量可能有传统民居的片区，本想实地查看，手机丢了以后只好凭着记忆去找。喀布尔的河北岸与山体之间，卫星图上看有一片密密麻麻的街区，似乎很不错。2017年来的时候，这些民居很多被刷成了彩色的，有种要模拟墨西哥瓜纳华托之类城市的意思，我也更想上去看看。于是逛完了巴扎后，我就在河北岸找了个入口进去了。

和巴扎区相比，老城的居民区有着非常不同的趣味。

其房屋以二层为主，穿插三层，在楼板、窗户处使用很多木头，这些木头从土墙中伸出来。弯曲的巷子在其中起起伏伏，高低错落的土房架构随意，它们有时还跨街钻洞，像是土黄色的积木。这里和喀什老城真的很像，因而反映阿富汗的电影《追风筝的人》会选在喀什拍摄。我一层层往山上爬去，最终到了被涂成彩色的区域，大概有粉色、绿色和橙黄三种颜色。这些颜色涂得非常认真，连背向大街的墙面都涂了，但一看便觉得是最近的工程。不知道政府为什么要这么做，难道已经在为未来发展旅游业做长远打算了吗？然而一个色彩缤纷的喀布尔城，可能会失去之前和干旱谷地相和谐的味道。

太阳又渐渐落了下去，一堆小孩子慢慢围住了我，让我给他们拍合影。为首的一个小孩特别难缠，大概变换了十几种姿势和人员组合，不停让我拍照。我逐渐不耐烦起来，想继续往高爬摆脱他们，但是其中三两个孩子一直跟着我，还伴随肢体接触，有了挑逗的意思。我心里稍稍有点害怕，正在这时看见一个小平台上有两个大人，铺着一张毯子，很多食物摆在上面。我赶忙跑过去示意我的处境，他们立刻就理解了，大吼着把小孩赶跑，让我坐下来和他们一起准备吃饭。这是一个绝佳的观景平台，喀布尔城在脚下尽收眼底，我刚准备接受他们的邀请时，一位留着大胡子的阿訇模样的年轻人，说着流利的英语从旁边冒出来，告诉我这里很危险必须马上下去，然后拽着我就要走。一路上他像老父亲一样，不停叮嘱我喀布尔城里哪些

◎喀布尔电视山上被刷成彩色的民居

地方不能去，不能吃喝陌生人的东西等。仔细回想，刚才两个想邀请我吃饭的应该是哈扎拉人，而他听口气应该是普什图人，也许是教派偏见产生的提防心吧。就这样他一路陪我下了100多米高的山坡，到了巨大的阿卜杜拉·拉赫曼汗清真寺旁边，就径直掉头回去了。

一到山下，昏礼的邦克声就响了起来，清真寺周边摆了无数的摊位，很多人手里拿着水和食物开始往嘴里塞。我还没反应过来，手里就被塞了一大杯水，让我赶快喝下去。餐饮行业的生意终于可以开始做了，各式各样的小摊点如繁星一样洒在没有路灯的清真寺广场上。我被开心的群众完全包围了起来，他们用各种各样的食物投喂我，我也就全然忘记了10分钟前的教诲。回想起喀布尔河河边的纪念碑，两个地方就相距了不到500米，而两种极端的待人方式却同时存在，我心中真是五味杂陈。

几乎吃饱后才打车回旅馆，我又遇到了一位英语说得还不错的司机胡赛尼。他给我的要价比之前所有司机都低得多，这让我产生了兴趣，便问他去巴米扬、加兹尼等地方的价格，都不到之前打听的二分之一。我用纸记下了他的电话，他也成了我未来旅程中很重要的人。

◎阿卜杜拉·拉赫曼汗清真寺

前页图：
◎飞往法扎巴德路上的群山

〔二十三〕　三个中国人相聚法扎巴德

2017年是卡姆航空公司爆发的一年，除了前面坐过的恰赫恰兰航线以外，其航路覆盖了阿富汗全国的半数省会。因而我这次旅行，在常规景点之外，也希望利用空中交通的便利多探索一些城市，但时间有限，也就只加了巴达赫尚省的首府法扎巴德和阿富汗第二大城市坎大哈。原本以为阿富汗的航空业自此会蒸蒸日上，以后我还有可能踏足更多地方，然而在2018年春季喀布尔一家酒店的大爆炸中，此航空公司的核心人员损失近半，航线也退回到十年前的水平，仅剩下喀布尔、赫拉特、坎大哈、马扎里沙里夫几个大城市，连巴米扬都没有了，这令我非常后悔当时没有留出更长的时间。

在喀布尔逛了一天之后，我原计划第二天前往法扎巴德，往返的时间都在清晨，因而要在那边待一整天。出发之前，首先要解决的是没有手机的问题。我刚到喀布尔的时候就和红姐约定，隔几个小时我就要报一下平安。丢手机的那个下午，红姐一直都没联系上我，回去以后便把我好好数落了一番，随后拿出了一个阿富汗本地号的老年手机，让我在路上继续用。我拿着手机，赶快把胡赛尼的号码存了进去。我还没来得及感谢红姐，她又开始忙不迭跟

◎飞机降落之前俯瞰法扎巴德

人打电话，随后告诉我她在那边联系了两个中国商人，我去了以后可以接待我，这真是让人喜出望外，起码在法扎巴德，我不会遇到什么麻烦了。飞机在早上9点，起飞前也干不了什么事情，于是我睡了在喀布尔几天以来第一个安稳觉。

再次在喀布尔乘坐小飞机，已经轻车熟路。这个飞机和飞恰赫恰兰的型号一样，办票柜台人员虽然不是上次那个人，却似乎早就认识了我，我还没要求，就给了和上次一样的末排靠窗座位，指指上面的座位号，摆出了向外照相的姿势。飞机一路向东北方向飞行，沿途万里无云，没过多久就进入了兴都库什山脉的上方。阿富汗东边的山系比西边更高，山顶上全是厚厚的积雪，并且越来越多，如同褐色的海水翻起白色的浪花。小飞机高度很低，全程离山顶似乎就几百米，令人大饱眼福。飞过雪山，河流和村落开始在飞机下面出现，很快就进入了宽阔的科恰河谷地，飞机沿着河流的走向不断拐弯，掠过了整个法扎巴德城区，降落在城西10公里处的机场。

出发之前我忘了落实和中国朋友怎么交接，到了机场以后就有点不知所措。当时觉得在法扎巴德这样的小城市花费一整天时间有点太长，原本想去首府东面100公里左右，靠近霍罗格（Khorog）口岸的希瓦（Shiva）湖转一转，所以一出机场，就和门外守着的司机打听这条线路的安全状况。但问到的几个人都觉得路上危险，不愿前去，我就只好进城找住宿了。汽车沿路向南，再向东拐去没有多久，就进入了新城区。法扎巴德的新城区非常清丽整洁，路网都是棋盘状的，道路宽阔，沿街楼房大多只有两层，但也不显破旧，三四层的高楼稀稀落落穿插其中，配上沿街的白杨树，像是中亚斯坦国新建的小镇。

出租车七拐八绕，来到了河边一个戒备森严的建筑旁，两道铁门封死，好像又到了喀布尔。敲了好长时间的门才有人出来，询问后住一晚竟然要70美元。我看着这陈旧的外墙，连进去看看都不太情愿，就随口说50美元吧。按阿富汗的情况，他们原本也没什么生意，应该会降价的，结果来人一分钱也不让，三五回合之后，我提出去别的地方再找找，里面的人扭头就回屋了。河水在旅馆边奔腾，发出巨大的声响，我心里也置着气，豪迈地让出租车司机去寻找下一家。结果司机说，城里就这一家旅馆能接待外国人，气氛一下就尴尬了起来。

这时当地的中国商人给我打来了电话，问我在哪儿，然而我连这家旅馆的名字都不知道，便赶忙把手机递给司机。司机搞清状况以后，把我扔在了城里的一个广场。没过一会儿，另一辆小车停在了我旁边，从车里走出两个穿着当地服装的人。我并没有在意，还在往远处眺望，结果他俩同时用中文跟我打招呼，让我着实吓了一跳。来人一位年轻，一位稍长，为了他们的安全起见，就简单称呼为小李和老王吧。老王头发半白，戴着一顶小白帽；小李留着络腮胡子，头上随意地搭着头巾，真是和当地哈扎拉人一模一样！相比他们，我最大的“败笔”应该就是眼镜了，当地人戴眼镜的比例实在太低。

老王和小李首先带我去驻地吃饭。他们主要做珠宝生意，巴达赫尚地区自古以来就是很多高档宝石的产地，青金石最为著名，碧玺也是大宗。后来到市场上看了大概价格，我才知道这里面的利润空间有多大。我们三个穿着大袍的中国人，边走边用中文交谈。和我们擦肩而过的当地人，远远的还不在意，走近时一听到我们的口音就会吃一惊，满脸写着疑惑。要是在别的城市，我很难允许自己在大白天这样无谓地消耗时间，然而在法扎巴德哪里都不能去，干脆就随他们去放松一下了。

驻地在新城区的主干道旁，有着城里可能最高的一座建筑，足有六七层。楼旁边有一家山寨的KFC，标志和肯德基爷爷一模一样，但全称是Kabul Faizabad Chief，令人印象深刻。幸而有了这个记忆，要不然我那个晚上就没法回去了。我跟随两人来到楼顶的天台上，整个城市尽收眼底。这座城市和喀布尔的地形和环境都很相似，四面都是土黄色的小山，山上有很多房屋，城内也有一条河道。其城区因为沿着河道布置，没有赫拉特和马扎里沙里夫那样规则。楼顶加盖的房子里摆了3张床，是典型的中国式的布置。我惊讶于这里竟然没有任何的安保措施，什么人都能上来，这和我想象的在当地的中国人的生存状况不太一样。后来交流中得知，对于这种流动性比较强的商人来说，最低调的生存方式也许就是最安全的。

驻地的一位师傅做好了一锅土豆炖牛肉端了上来，我

◎在法扎巴德寻找的第一个旅馆

配着半个西瓜坐在窗前开吃。午后虽然已经30多度，但在这样干燥的气候下，屋里却因凉爽而格外安闲。在和老王和小李的闲聊中，我才感到旅行圈所谓的在阿富汗闯荡，有多么不值一提。在阿富汗和巴基斯坦多年，他们所积累的经验，以及和当地人打交道的本领，足以让他们在各种势力之间盘桓而免受其害。老王谈起乘坐公共交通穿越巴阿边境、前往坎大哈、霍斯特等过往，平静如水，至于多次和塔利班的交手和斡旋，也如同谈家庭琐事一般轻松。即便这样，他们仍然认为这看似风平浪静的法扎巴德是个非常危险的区域。老王指着山坡上的房子说，山上有很多坏人，千万不要上去，城里还是比较安全的。小李和我相约去巴达赫尚东部和中国相连的著名的瓦罕走廊徒步，但这一计划到现在还没有实现。

前页图：

◎俯瞰法扎巴德老城

〔二十四〕 闲逛法扎巴德

吃完饭已经下午一点，他们让我在屋里歇一会儿，然后陪我去城里逛逛。不过我还是很难接受出国的时候在白天睡觉，辗转反侧了一个来小时，终于等到他们出发。法扎巴德被河水相隔，明显分为两个城区。科恰河从东往西流汇入阿姆河，河水西南侧为新城，东北侧为老城，老城东西两侧各有一座大桥。我们沿着河边往老城走去，我越发觉得新城区真是一个花园般的地方。这里的河道边都有非常宽阔的绿地，上面长满了核桃树和桑树，形成面积巨大的绿荫。数不清的当地男性扎着堆坐在树荫下聊天、休息，见我们经过，一组组人对我们挥手。相比其他城市，这里人们的袍子色泽较深。在城市内部，科恰河水流湍急让人吃惊，坐在河边连说话的声音都听不清，部分河道有虎跳峡的感觉，和岸边闲适的景象对比鲜明。城区内部起伏很大，不管是新城还是老城，很多人工渠道纵横交错，清水哗哗从高处流下，并不知道水是从哪里来的。几乎每家都有一个小院落和二层的小楼，沿着街道排列得整整齐齐。我看到很多女学生从街上走过，她们穿着黑色的统一校服，戴着白色的头巾；老师穿着布卡，只露眼睛的尼卡（niqab）点缀其间。在当地，虽然女生能够接受教育，但

◎城市内部的输水河道

◎科恰河边休息的当地人

◎城内的科恰河

宗教上还是相当保守的。我走到新老城交界处的大桥上向东看去，整个老城都遮蔽在树丛之中。通过大桥向左走，就是城内著名的青金石巴扎了。

作为世界绝大多数青金石的产源地，巴达赫尚在整个近东地区的艺术史上都有着不可或缺的地位。埃及和两河流域在进入文明阶段之前就开始使用青金石。这种石头的蓝色是如此鲜艳，我在第一次看到它时都不相信这是真的石头。法扎巴德的城区大概在三四百年前形成，之后就成了青金石交易的第一个集散地。城西的这条巴扎，曾经聚敛着庞大的财富，而如今因为陆路来此不甚方便，比较好的青金石一般都运到喀布尔交易了，巴扎的生意也冷清了许多。加上现在又是斋月的下午，巴扎的土路上只有一半商铺开着门，人数也只有寥寥几十，远没有喀布尔那么繁华。

即便如此，巴扎里也只有一小部分商店售卖青金石，其他都是普通的食品、衣服、杂货店。店铺一般将一大堆青金石原石摆在靠前的玻璃柜里，在内墙上挂满戒指、项链、手镯等装饰品；品种除了青金石以外，还有碧玺、石榴石、绿松石等品种，有些似乎也不产自这里。我稍稍询问了价格，虽然青金石原本就是最便宜的宝石之一，但这里的价格还是低于我的想象。最终我买了好几个戒指、一串项链、一堆切好的小片、两个串珠的手镯还有两块手掌大的原石，其中原石是称重卖的，一共才花了人民币100元左右。可惜我最想要的原石之后在机场被没收了。

从巴扎进入老城，首先要经过一段长长的上坡；两侧房屋下面是巨大的鹅卵石筑起的高台，上到高台之上，城区就相对平坦了。相比于阿富汗的其他城市，法扎巴德的年代比较晚近，其城市规划缺乏自然生长的伊斯兰城市的那种曲折的巷道，贯通南北和东西的十字形干道作为骨架，宽约三车并行；干道两侧的小巷大多也比较顺直，也能容纳两车；只能容两三人通过的更小的巷子也有。这里的房屋样式非常类似喀布尔，也是一层或者两层的房屋自由穿插，过街楼十分常见，一个区别是这里的房屋顶部出檐更加明显，可能是因为降雨量稍大。城里向北走呈缓缓的上坡，一条主要的水渠从大街流淌下来，上面在每个巷口处都架设一个小桥，稍微大一点的巷子里都有支渠。水流顺着地势跌水而下，水质清冽，常常见到三三两两的当地人在水中洗手洗菜，很难想象这种半干旱的地区会有这样的生活体验。这里外国人出现的概率应该比喀布尔、赫拉特都少一些，明显感觉人们对我有着更大的兴趣，而又不像在加兹尼那样以怀疑为主，很多人在巷子的尽头处看见我，就会远远地向我挥手。晡礼时分，两三重邦克声在城里回荡。我顺着声音找到其中两家清真寺，发现这里的寺院大多是平顶木柱的中亚类型，礼拜结束人群散去，巷子里突然就被堵得水泄不通。我在人群的夹道欢送中离开老城，准备去河南岸的山坡上俯瞰一下。

老王和小李这时还跟着我，因为他们和当地人实在太像了，大部分人可能都以为只有我一个中国人。我从老城

◎青金石巴扎中的商品

◎城内主干道中上学的姑娘

◎老城里的主要道路和行人

东面的另一座桥过河，爬到了半山腰处，然后慢慢向西行走，寻找观看老城的最佳角度。走到和南北大街正对处望去，城市风貌特别和谐。城里一座高层建筑都没有，全是黄色的土坯房，房顶可能是一些援助项目统一制作的，都是有一定坡度的铁皮灰顶。城里的树木很多很大，一丛一丛，好像在地毯上长出的绿色小蘑菇，衬着秃黄的靠山，显得生机勃勃。老王一直提醒我注意安全，然而我光顾拍照，过了不到半个小时，发现他们两人都不见了。到了山下依然没人，于是我边等他们的电话，边在老城里接着转了。

已经下午5点多了，在较小的巷子里，阳光已经照不到墙上。街头的摊位慢慢开始增多，一些小巷子通过支棚子模仿顶棚巴扎，但它们售卖的货物品种类比喀布尔逊色多了，大部分都是原生农产品。因为城市的西面有高山，没过多久就没有光线了，我漫步到了科恰河边。从城内渠道流出的水在这里形成了一个小瀑布，一座二层带有柱廊的旧屋就建在瀑布上方，我不禁想，如果住在这样的房子里真是好极了。就在这时，一位老人从河边走上来，用非常不错的英语问我要不要去他屋子里一块吃晚餐。我太愿意了！过去以后才发现他的屋子正是河边的那座。

老人把我带到了他的院子门口，向里面喊了一嗓子，大约是让女眷退散。接下来的一个多小时，我就完全没见到任何女性的身影，只听见厨房动火和交接食物时的说话声。院子大概就100平方米，有一座两层“凹”字型的主

◎请我吃饭的人家

屋，上下都带廊庑。老人介绍说，房子有将近百年的历史了。我被带到二层，这里的地上铺满地毯，有着素净的白墙，没有什么家具，只有一台风扇和一个很小的电视。可以说虽然清贫，但屋内的装修非常整洁。廊庑上拉着白色的帐子，外面的科恰河影影绰绰，然而我也不敢贸然拉开。老人名叫艾哈迈德，把我邀请来以后，他又出去叫了他好朋友前来。太阳落下，他们共同做了礼拜之后，艾哈迈德铺好地毯，准备吃饭。

我们坐在二层的廊子里，艾哈迈德一次次往返于厨房和地毯，把三份食物整整齐齐摆好。菜色没有我想象的丰盛，主菜只有三盘秋葵，一盘葡萄干抓饭，以及一盘白色的好像是烧卖皮一样的东西，我们用大饼卷着吃。艾哈迈德笑着说素食有益健康，但也许这是他能拿得出手的最好的东西了。除了这些食物，还有一大盆子的樱桃，几盒纸盒装的果汁，可能是刚才从集市上买来的。我和他有一搭没一搭地闲聊，得知我这些天去了阿富汗那么多地方以后，他并没有显得特别吃惊，因为他也算得上一位旅行家了，去过五六十个国家。他有两个老婆和三个儿子，还竟然把所有儿子都送到了德国上大学。我看着这样的家境、这样的城市，真是觉得难以想象。饭快吃完的时候，老人的小儿子回来了，他的英语极好，让我更加相信他出国留过学。我们接着聊到了中国，他们没有像一般客套的人那样，对中国表示极端的好感，而是提出了很多具体的看法。比如他们希望中国能把瓦罕走廊的口岸开放，和阿富

◎和当地人一起吃饭

汗进行直接的贸易。很久没有这样深入地和当地人聊天了，在这样边远的城市、破旧的房子里，能遇到这样有见地的当地人，感觉很不真实。

艾哈迈德盛情邀请我在法扎巴德多玩几天，我也询问了附近几个景点，包括霍罗格边境上的希瓦湖。他表示他的小儿子正在放假期间，可以开车带我去玩，还希望我能住在他们家里。然而我明天就要走了，真是非常可惜，并且两个中国朋友还在远处等我。留下联系方式以后，他送我到了街口，让他小儿子开车送我回驻地。这时候我才发现自己的手机已经没电了，也没法形容出驻地的精确位置。我想起了那家肯德基，于是在相机上拨出了路过时拍的照片，他俩笑得前仰后合，也就顺利开过去了。

到了肯德基旁边，艾哈迈德的儿子要送我上楼。我突然想到，如果他们一家是坏人的话，我中国朋友的住所可就暴露了。我的心怦怦直跳，一边说不用了，一边快步向另一幢建筑走去，连谢谢都没来得及说。绕了一个大圈之后，我看他们已经离开，才回到真正的入口处，上到顶层。

小李看到我突然出现，差点骂了出来，说他们和我走散以后，都找了我四五个小时了，如果我再不回来就要报警了！我连忙一五一十地把事情的经过说了一遍，在老王的劝和之下，气氛才逐渐平息下来。

第二天清晨，无所事事的我又在城里逛了两个多小时，快到10点的时候便往机场进发。结果我在机场被一个检查点扣下，差点又耽误了飞机，好在终于有惊无险地回到了喀布尔。

前页图：
◎艾哈迈迪·沙阿的陵墓细部

〔二十五〕 塔利班源地——抵达坎大哈

因为我把飞坎大哈的时间改到了下午，刚好衔接上了从法扎巴德回喀布尔的时间，这也是我第一次乘坐阿里亚纳（Ariana）航空公司的飞机。阿里亚纳是阿富汗历史最悠久的航空公司，成立于1955年，曾经是阿富汗西化之路的一面旗帜。如今它国内客运的市场主要被卡姆航空取代，但在国际客运上占比依旧很大，唯一直飞中国国内的乌鲁木齐航线就由它运营。我乘坐的坎大哈航线其实是中转坎大哈飞往迪拜的，因而需要在国际航站楼候机。

我在国内航站楼落地，换了航站楼等待。周围人的穿着和喀布尔的有了明显不同，很多男性戴着一个前面有豁口的花帽，身上除了头巾以外，常常还有一块长方形的布，这应该是礼拜毯了。成年女性都是身着布卡，但是颜色比较多样。在我身边的一位老人有两个妻子，分别身穿淡黄和金黄两色布卡，非常漂亮。两个小时以后开始登机，我怀着忐忑不安的心情，准备前往塔利班曾经的大本营、阿富汗的第二大城市——坎大哈。从巴达赫尚飞往坎大哈，现在想来也是有冥冥之中的巧合。塔利班从坎大哈起家，然而在其最强盛时期，也未攻下北方联盟盘踞的巴达赫尚；而在阿富汗近代历史乃至塔利班的发家史上有着重要作用的圣物——先知穆罕默德的斗篷，也可能是杜兰尼王朝的开国君主从法扎巴德带到坎大哈的。

虽然坎大哈的交通非常方便，从喀布尔平均一天有两班飞机，但是2014年第一次来到阿富汗时，这里完全不会是我的目的地，因为当时大家都觉得坎大哈非常危险，现状什么样，网上几乎没有资料可以参考。2017年初，我听说有驴友去了坎大哈。和她了解情况后得知，虽然塔利班的势力在整个南部依然稳固，但坎大哈城区已经在政府完全的控制之下，参观老城没有任何问题。所以在第二次旅行前，坎大哈就进入了我必须探访的名单中。

因为从喀布尔到坎大哈的飞机是国际航班，服务质量明显高了很多，发放的食物也不全是包装好的，有两个散装的面包，大概只有一成的人吃了下去。一路上的风景乏善可陈，基本都是荒芜的山地和平地，城市的颜色几乎和地面一样，因此并不突出。快要降落坎大哈时，因为机场离城市很远，也没看到坎大哈的城区，仿佛落在了一片荒漠之中。

坎大哈的航站楼特别有设计感，由连续的波浪状穹顶围成一个圆周，下面是一圈廊道。这个机场修建于20世纪60年代，可能要超出中国当时的平均水平，可见阿富汗当年社会的安定。一下飞机，一股热浪迎面扑来，坎大哈是阿富汗最炎热的大城市之一，这个季节气温会超过40℃。我跟着人群沿着廊道走出机场，本来以为要遇到大量来拉客的出租车，竟然一辆都没有。一位乘客指着远处一辆黄

◎坎大哈机场的航站楼

◎在喀布尔候机时所见

色的中巴车跟我喊："bus，bus！"我心里一惊，这种城市还有机场巴士？不一会儿这车真挤得满满登登，车上的人也都很淡定，没有对我指指点点，有的人还冲我微笑。我的坎大哈行程，竟然就以这样一种正常的方式开始了。

巴士行驶出机场的路线非常复杂，路边设满了各式各样的挡墙、路障，来回拐了四五次，才开到外面的大路上。回来的时候我仍然乘坐巴士，大概也经历了相同的过程。一路虽然路障很多，但并没有经过什么安检、排查，事实上也只有机场内部一道安检，坎大哈安全上的敏感程度似乎还不及喀布尔。一路经过了很多大型的村子，看起来老房保存得都特别好，有很多类似于吐鲁番晾晒葡萄干的房子，不知道是不是有类似的用途。如果我在坎大哈有原计划的一整天，真的很想下车去看看，但因为改签了机票，我只剩下这天下午的两个小时和第二天上午的三个小时，只能在城里转转了。

我拿出了一张1000尼的钱，示意司机要去那上面的陵墓。司机伸出大拇指，大概说他们就要从那里经过。果然大路直接通向老城的北边缘，司机停下车向右手边一指，我就看到了那座被阿富汗人称作"国父"的艾哈迈迪·沙阿的安息之地。

从卫星图上看，坎大哈和赫拉特比较相似，也是一个十字街格局的城市，朝向也很正，就是南北方向更长一些，南北长约2.5公里，东西宽1.5公里，比赫拉特稍大。

这里的地形和赫拉特也很像，非常平坦，只有北部和西部有一些小山。北街尽头是个丁字路口，直顶着过去的宫殿，现在仍然是坎大哈的政府所在地。也许里面有老房子，但我没敢尝试进去，艾哈迈迪·沙阿的陵墓位于政府的西侧。城市曾经开有6个城门，除了十字街对应的四个之外，在东、西门的北侧还各有一个小门，这两个曾经的小门之间也形成了一条不太直的东西向道路，在东西大街的南侧又新辟了一条东西路。

虽然城市规模挺大，但坎大哈目前这座城圈的历史，比喀布尔和赫拉特都要短暂，其更加古老的历史，来自城西约5公里的旧坎大哈城。在亚历山大大帝东征时期，这里已经形成了一座堡垒，亚历山大大帝占领了这里，并将其建设成阿拉霍西亚省的省会。伊斯兰化之后，其地位有所下降。当年伽色尼王朝的夏都在加兹尼，而冬都博斯特（Bost）在坎大哈以西约150公里的赫拉曼德省，坎大哈只是其间必经的一个地方。伊本·白图泰（Ibn Battuta）到访加兹尼而未到坎大哈，只提到坎大哈距加兹尼有三日路程。1508年，巴布尔攻下坎大哈，在坎大哈城西刻下了著名的纪功铭文，然而巴布尔的儿子胡马雍之后将其割让给了波斯的萨法维王朝。其后100多年里，莫卧儿帝国多次想夺回坎大哈，都以失败告终，而信奉逊尼派的阿富汗人，在什叶派萨法维帝国的统治下，一直有独立的倾向。坎大哈第一次在历史上闪光是在1709年，米尔维斯·霍塔克（Mirwais Hotak）趁着波斯中衰之际在坎大哈起义；仅仅13年后，其继任者马哈茂德就攻入了波斯首都伊斯法罕，开启了阿富汗人在波斯的统治。这种突如其来的变故，激发了中亚历史上最后一位军事天才纳迪尔·沙阿的出现。他从呼罗珊的一位奴隶起家，作为萨法维王朝的将军，在1729年收复伊斯法罕，并很快将阿富汗人全部驱逐出波斯，功高盖主。在随后不到20年的时间内，他又率军攻入阿富汗本土，占领坎大哈，并经过开伯尔山口南下，一直攻入德里，沿路所向披靡，建立起阿夫沙尔王朝。旧的坎大哈被他彻底摧毁，在附近另建了新城，这就是如今坎大哈城的开始。

到了1747年，扩张无度、暴虐成性的纳迪尔被人刺死，阿富汗地区立刻独立，杜兰尼家族的艾哈迈迪第一次将普什图人凝聚起来，以普什图人占绝对多数的坎大哈为首都，建立起了阿富汗人自己的王朝。之后继任者提姆尔虽然迁都喀布尔，却将艾哈迈迪的陵墓修建在城内最明显的位置。经历了这么多年的战乱，此陵墓依然完好无损，并被印在了阿富汗最大的1000尼纸币上，充分体现了阿富汗人对这位领袖的崇敬。

从下车的街口向南走，很快就到了这座陵墓的旁边。陵墓下面是一个八边形的基座，整修得比较新，主体是浅黄色。东南西北四面是一个大拱券门，四个偏的面是上下两层拱券，八个角上各树立八座小塔。八边形基座中间是一个半球型穹顶，呈绿松石的颜色，非常好看。南门应该是陵墓的正门，装饰得最为华丽，钟乳石一样的几何形凸起上面，是以黄色和绿色为基调的各种植物图案，墙的下部装饰蓝色的釉砖板，地上铺着黑白相间的原石地砖。可惜陵墓大门紧锁，问了附近的人，他们说也没进去过。

主陵之外也成了当地穆斯林的埋葬地，环绕了上百座小型的坟墓。很多小孩在这里玩耍，好奇地打量着我。我在陵墓远处拿着纸币与陵墓合影后，就向东面走去，这里有一座更加华丽的清真寺，是坎大哈乃至整个阿富汗穆斯林眼中最神圣的地方之一。相传这里收藏了穆圣的斗篷，称为圣衣清真寺。

这座清真寺规模不大，大概是三间乘以三间的方形，东立面正中开门，南北两侧正中开窗，其他部分都是假窗。装饰乍一看只是类似伊朗的釉砖拼贴，只是黄色使用较多，有了不同的趣味，但仔细一看，所有的墙基和图案交界处，都是绿色带花纹的类似于玉的石头，据说这是来自赫拉曼德省的大理石，非常珍贵。在华丽的外表和未必属实的圣人遗物之外，这座清真寺更让人着迷的，还是它在阿富汗近代史上的凝聚意义。

有关这个清真寺里斗篷的来源，有两种说法，总之，斗篷是从半岛先来到巴格达，然后在各种机缘巧合之下到了布哈拉，之后可能是艾哈迈迪·沙阿直接从布哈拉拿到了坎大哈，也可能是中转了法扎巴德。相传艾哈迈迪在布哈拉见到这件斗篷时非常喜欢，乌兹别克人见其有拿走斗篷之意，便声明绝对不能带走它。艾哈迈迪就将斗篷放在了一块石头上，说保证不会让斗篷和这个石头分开，乌兹别克人这才放下心来。结果在众目睽睽之下，艾哈迈迪竟然把石头和斗篷一起运到了坎大哈，而这也没违背自己的承诺。当然现在斗篷和石头已经分开了，石头甚至还放在了院子的一个角落里展览。

从那以后，这件斗篷作为阿富汗最神圣的物件，一直由同一个家庭守护，从不轻易示人，但一旦出现，往往意味着国家有大事发生，甚至成为国运的转折。1929年，一心西化的阿曼鲁拉汗在政变中逃离喀布尔，在坎大哈他拿出这件斗篷，试图重新凝聚起支持者，以失败告终；1935年，坎大哈发生霍乱，斗篷又被拿出来平息灾情，竟然取得了很好的效果；而最重要的一次是在1996年，塔利班占领坎大哈两年之后，毛拉奥马尔在这里取出斗篷披在身上，向众人宣布塔利班合乎教法，这一极具象征性的事件让台下一呼百应，极大地强化了当地人对塔利班的好感。

如今喧嚣散去，当年的情景已经难以想象。政府已经将清真寺封闭，而且东侧100米范围都禁止入内，大约是怕人凭吊，回忆起塔利班当政时候的场面吧。即便如此，寺外仍有人扒着栏杆遥遥拜望，也有人围着外墙绕圈。

◎艾哈迈迪・沙阿的陵墓和 1000 阿尼的纸币

◎圣衣清真寺的玉石装饰

◎挂斗篷的石头

前页图：
◎艾哈迈迪·沙·巴巴（Ahmed Shah Baba）清真寺内部

〔二十六〕 坎大哈老城的街市

离开圣衣清真寺，离日落只有不到两个小时了，我抓紧时间，开始向南探索老城。坎大哈的街市和赫拉特比较类似，都是在大街上沿路摆摊，自发形成功能分区。刚刚走到北街的路口，我就被那种摩肩接踵、尘埃飘荡的生活景象所深深吸引。北街的西侧，有一座庞大的艾哈迈迪·沙·巴巴清真寺，是艾哈迈迪所建立的，其高大的白色墙体带着两座小宣礼塔和一个淡蓝色的半球型穹顶，在低矮的街市中间格外醒目。清真寺的西侧自然形成了一个小广场，里面全是蔬果摊。坎大哈的蔬果小摊使用一种小巧的四轮车，小车上用木头支架做一个顶棚，便于阳光强烈的时候遮挡，这种形式的车子我在阿富汗的其他地方并没见到。相比喀布尔，坎大哈穿着传统服装的比例几乎是百分之百，性别上男士的比例超过95%。放眼望去，一市场穿着各色大袍，戴着各种形式头巾，留着各种形状胡子的男士在混乱的蔬菜摊位中穿梭。可惜我的技术不够好，不然真是出摄影作品的圣地。

我绕到清真寺的正门，就来到了北街上。这里比西边更加热闹，四车道宽的大街，被摊位挤得只剩下不到两车道，而两边摊位又支起帐幔，几乎将天空完全遮蔽。这一

◎艾哈迈迪·沙·巴巴清真寺西侧

◎坎大哈老城中的蔬果摊

◎穿着各色布卡的女子

◎坎大哈的圣发清真寺

段市场售卖各种加工食品，干果、饼干、调料，色彩特别丰富。在坎大哈，人们喜欢用编织袋盛装货品，从袋子里面鼓出一个个圆锥形的彩色小山。坎大哈的路人比喀布尔和赫拉特还要热情，摩托车从街上飞速穿过，每经过一辆，车上的人都要异口同声地和我打招呼，小商小贩也不断叫我过去，给他们拍照或和他们合影，不过热情尺度始终还保持着阿富汗特色，不太会因为这种热情而阻滞我继续前进。在这里我遇到了一位20来岁的小伙儿阿卜杜拉，他戴着很坎大哈式的前面带缺口的帽子，留着浓密的大胡子，一看就是一位虔诚的穆斯林。他会说一点点英语，和我合影以后就一直跟着我，希望带我去参观更多的地方。

阿卜杜拉首先带我找到了艾哈迈迪·沙·巴巴清真寺的正门，这座清真寺被小摊围堵，我刚才找了半天也不知道怎么进去。清真寺内部都是素净的白色，进去后是个四面围合的院落，大体是波斯式四敞厅的格局。这时晡礼已经结束，离昏礼还有一个来小时，礼拜的人依旧很多。大家都在院子里的大理石地面上，使用自己的拜毯礼拜，从十几岁的小孩子到七八十岁的老人，整个院落内鞠躬起身此起彼伏。进入大殿室内，这里反而没有什么人，除了米哈拉布使用和穹顶一样的嫩绿色，其他部分全部刷白。阿卜杜拉自豪地说，坎大哈是阿富汗教门最好的城市，几乎没有人偷哪怕一拜的懒，而礼拜时间以外，大家都会自行在殿外补拜，很有秩序。听到他说这些话，我便也有意想在更熟络以后问问他对于塔利班的态度了。

阿卜杜拉带我继续往南走，快到十字路口时，街东面有一个古老的大门，里面是一个很长的券顶巴扎，两边全部都是卖衣服的商铺——这是我在阿富汗第一次看到还在正常使用的券顶巴扎。巴扎内部还隐藏了一个规模很大的清真寺，其和艾哈迈迪·沙·巴巴清真寺的外观很相像，据说珍藏了穆圣的头发，但正殿大门紧闭，所有人都在院子里礼拜。我在巴扎里迅速找了一家店铺，买了一顶坎大哈风情的缺口帽子作为纪念。因为是服装市场，这里的女性稍稍多于外面，我一次就见到了蓝、紫、绿、黄四种颜色的布卡，从老照片上看，甚至还有红色的，不知道为什么其他城市的这种服装会逐渐固定为蓝色。最后，阿卜杜拉还找了个楼梯拉我上了二楼，全巴扎的商人都在跟我微笑致意。我终于忍不住问阿卜杜拉，喀布尔的朋友都告诉我，说这边很多人都喜欢塔利班，但我来了以后觉得根本看不出来，是否真的是这样。他说没错，他也喜欢塔利班，因为他觉得塔利班并不坏，他们在教门上最纯净，在教法上最溯本，喜欢塔利班和待我的热情并不冲突。我不知道该如何回应，心里稍微升起一些阴霾，但还是和他继续前行。

从巴扎往南一点就到了中心十字路口，这个路口很有设计感，街边的四个房子都建成了圆弧形，整体形成一个圆周。我们又往南街走了走，这里是专门卖鸟的巴扎，不过不是喀布尔那种观赏鸟，主要是鸡、鸭等食用禽类。它们都被巨大的木框笼子装着，放在同样的四轮小车上。卖

◎券顶巴扎内部卖帽子的小店

◎券顶巴扎内部俯瞰

小鸡和小鸭的铺子，把它们染成了五颜六色，不知道这种卖法是不是全世界共通、流行呢？

从南街绕到东街，商铺相对稀落，大约因为这里的熟食店比较多，它们在斋月期间不开门。现在已经接近7点，各种小店也就慢慢出现了。新鲜烤好的馕被推出了店门，店员熟练地从馕坑把馕捞出来，举过头顶冲我微笑；一种橘红色的方便面一样的炸食堆满了大街小巷，我问了阿卜杜拉，但还是没明白应该怎么吃。因为商铺较少，街上的摩托车和自行车就比北街多多了，它们在喀布尔和赫拉特都没有这么常见。在这样的小城里，感觉到处都有阿卜杜拉的朋友，每隔几分钟就会见他和朋友热情地拥抱，并让我给他们拍照片。他甚至还记得我的问题，见一个人就问他喜不喜欢塔利班，然后转告我说他喜欢、他也喜欢，还会跟我打趣说他某个朋友以前就是塔利班。普什图人对于塔利班的不反感我是能理解的，但我没想到会以这样一种轻松的方式呈现出来。在坎大哈这样一个生机勃勃的城市，我竟在阿富汗感到了久违的放松，这里没有教派、没有族群，所有人都是普什图，所有人都是朋友。

7点过了一会儿，阿卜杜拉说他要跟我告别了，并做出了把手放在耳朵后面的手势，我明白他是要去礼拜。街上也不知道什么时候聚集了十几辆糖水车，每个车前面都聚集了几十个人，人手一个塑料杯子，原来是在为开斋做准备了。一位大叔见到我，二话不说把我推到车前面，让车主给了我一个装满了糖水的杯子。当时已经到了喀布尔

◎坎大哈南街中出售的彩色小鸡

◎坎大哈街头穿着肉色布卡的女子

◎坎大哈东街的烤馕店

日落的时间，我拿起水杯就准备喝下去，结果被旁边一个小伙儿一把抓住手臂。

“他要喝水！”，（我推测的）他叫道。瞬间摊位边所有人都回头看向我。我不好意思地笑了笑，赶快把杯子放下来，环顾四周，所有人都只是手里拿着杯子，并没喝一口。我这才反应过来，坎大哈比喀布尔靠西一些，开斋时间略晚。之前的那位大叔赶忙跑了过来，用英语跟我说渴了就喝，不要在乎其他人，之后大约又对周围的人翻译了一遍。他们疑惑的眼神立刻就变得温柔了，有种示意我赶快喝下去的意思。我当然不敢再喝，也跟他们一样，端着杯子等着，并且给他们拍拍照片，他们也配合地用杯子摆出各种造型。突然，清真寺传出一声“安拉胡阿克巴”的喊声，所有人同一时间开始喝水，我向另外几个糖水车看去，也是完全一样的景象。在暮色中，这种仪式感肃穆而又诡异。坎大哈确实是迄今为止我去过的伊斯兰教气氛最浓的城市，这种街头普通民众自发地、如此严格地守斋戒，我还没在其他地方体验过。

走回十字路口，我发现街头摆了一道将近20米长的长席，大人小孩坐在两边正在吃开斋饭。我刚拍了两张照片，一位老者就赶忙把我拉到席中，要我和他们一起吃。地上摆了十来份葡萄干抓饭和炖土豆，还有数不清的大饼，大家都是用手直接抓着食物卷大饼吃。老者看到我有顾虑，还给我递来一把勺子。我们全程一点语言也不通，就那样边吃饭边互相看着笑。吃完之后，我只能起身手捂

◎日落时分的发水场面

◎坎大哈街头的开斋饭

左胸深鞠一躬，他们也和我挥手告别。

我向西街走去，因为旅馆都在西门外。路上榨了一杯葡萄汁喝，就5分钟的工夫，街上几乎一个人也没有了，沿街商铺都在慢慢关门。西风吹过，我汗湿的身上感到一丝寒意——日落前和日落后，街上的差别实在太大了。这时我回想起恰赫恰兰和喀布尔为什么早上五六点就很热闹了，坎大哈不光日出而作，也完全是日落而息，晚上几乎没有任何娱乐活动。走到西门外，周围已经一片漆黑，不敢想象自己是在一个有上百万人口城市的市中心。

我看着LP上的标注找了一个便宜的旅馆，旅馆老板一见到我是外国人，立刻摆出双手交叉的手势，大概是不能住，并把我往外引。旅馆门口的一位大叔看见我被推出来，让我坐上他的摩托去找另一个旅馆，大概往西开了5分钟以后，到了一个水泥墙环绕的建筑跟前，从外面看不出一点旅馆的样子，好像监狱一样。摁了门铃以后过了很长时间，里面有人再三确认了我们的情况才打开门来，跟我说一天要80美元，这远远超过了我的限度。我说我不住了，要自己再去找一个地方。摩托车司机和那个人都说全城只有这一个地方能住，我死活不相信，便又独自走到夜幕里，准备回到西门外。

坎大哈的西门外是便宜旅馆的集散地，并不止那一家。我过去挨个问了一遍，但看到我的外貌都是二话不说不让我住，有好几家都让我去“Continental Hotel”。我又核对了LP，发现这个旅馆就是刚才80美元的那一家。坎大哈可能实行涉外旅馆审核制，外国人只能住在固定的地方，这让我第一次觉得局势并不是那么好。我快步走回刚才那家门口，发现三四个人在旅馆外面，他们见到我就赶忙迎上来，说已经找了我半天了，其他真的不能住。我非常不好意思，只好和他们进去。

遇到这种情况，我通常会担心旅馆狮子大开口，然而旅馆老板看到我的情况，主动将房费降到了60美元左右。我也就放下行李，开始享受这难得的漫长夜晚——坎大哈的晚上，实在没法安排任何活动。旅馆只有一层，所以在外面完全看不到；排房一样的布局，外面是宽阔的柱廊，柱子的风格模仿当地样式，好像传统宫殿。房屋内部还是令人失望，在国内就是七八十元人民币一晚的水平。房间的服务还是不错的，服务员帮我从外面又买回一些吃的。没到9点钟我就睡下了，准备第二天起个大早，去看看城西四十阶梯的日出。

前页图：
◎四十阶梯远眺

〔二十七〕 四十阶梯再遇麻烦

坎大哈的日出大概在5点多，4点半我便起床，徒步向西走去。坎大哈西门外3公里左右有一座小山，小山的北尽头就是巴布尔500年前在此记功的四十阶梯。从亚历山大时代开始经营的旧坎大哈城，在四十阶梯南侧约2公里的东侧山脚。晨光熹微，远远地我就看见了路南边的那座马鞍形的山头，洞口朝东，我已经想象出站在上面，看日头从坎大哈城区上面升起的景象。正在这时，路边的一辆警车突然向我鸣笛，我只好乖乖走过去，里面的警察一把抓过我的相机，没问是怎么回事儿就拉着我向城里驶去。经过这几天，我已然被抓得心如死灰，只好由他去了。

车子停在了戒备森严的警察局外面，水泥墙上全是盘曲的倒刺。车上的警察找了一个会说一点点英语的警官，问我到底是来干什么的。我看着远山尖上已经撒上金光，气得一句话都不想说，一次完美的日出就这样被耽误了。我给他翻之前拍的照片，巴米扬大佛、贾姆宣礼塔、赫拉特城堡，嘴里不断重复“travel”这个词，警官不断点头，大约表示认可。我在坎大哈原本就只剩几个小时可以活动，心里着急得不得了，不停用手指着时钟，和他们说“time，time”。警官们让我稍作平静，拉我进了营区内部，

◎军官和当地人的合影

◎我跟警官的合影

相机再一次和我分开，大约是还要仔仔细细查一遍照片，这下我感觉都未必能赶上去喀布尔的飞机了。

我被带到一幢建筑跟前，警官不断敲门，一个穿着背心的大叔终于睡眼惺忪地走了出来。警官拿着我的相机，絮絮叨叨和那人说了几分钟话。大叔看看我，轻蔑地笑了一下，指着警官的鼻子就骂了起来。从后来的结果来看，大概是说这个人一看就没什么问题，这么点小事就要来干扰他睡觉，太不会办事了！大叔回屋后，警官对我的态度立马180度大转变，双手把相机递还给我，还说要拉着我在城里转转，再送回上车的地方。离开之前，我和警局里的人合了一张影，这在之后起到了很大作用。

到城里已经快7点，街市上又已经人头攒动，这里和喀布尔早起的习惯是一样的。警官非常有趣，到了几个木棚车的摊位跟前，让我拍他和小商贩以及来买菜的人的合影，大概是想传达一些军民鱼水情的画面。因为坎大哈的民众普遍支持塔利班，这里的警察所面临的危险比其他城市的要大得多，很多恐怖袭击针对警察或者当地军队，估计他们也在努力维护在百姓中的形象。拍完了一些照片，警官终于把我送回了四十阶梯，我本以为他要陪我上去，结果车一溜烟就开走了。

四十阶梯顾名思义，由四十个台阶爬上山坡，通向半山腰的一个山洞。山洞和阶梯都是巴布尔大帝攻下坎大哈之后所造，洞内用波斯语铭刻了他征服世界的功绩。回望两千年以前，另一位伟大的帝王也在这座山头和巴布尔遥

◎四十阶梯的洞穴近景

◎四十阶梯远眺

遥相望，这就是阿育王。山上还保留了这一时期希腊语和阿拉米语的双语铭文，显示了希腊人在孔雀王朝的活动，以及王朝对这一地区的控制力。因此，四十阶梯足以成为坎大哈最主要的古迹景点了。

我硬着头皮往山上走，山下的检查点已经知道情况，因此顺利通过，继续向上。之后短短五六百米路程，竟然有三个检查点，每个都把我拦了下来。我实在不知道怎么再解释这件事情，最后灵光一闪，赶快拿出在警局和他们的合影照片，然后指指山下那个检查点，就都明白了。来到台阶下方，终于长舒了一口气。

台阶比我想象的陡峭很多，大概呈四五十度，走在半中间就看不到山上的洞了。到了最后几级，洞口豁然出现。这是一个人工凿成的波斯式清真寺大门样式的摩崖，洞非常浅，外壁东西侧下部有少许铭文，而大部分铭文都在洞内，文保牌也已经挂上了。向下俯瞰，绵延的绿色田野铺展到坎大哈城下，迷离的烟雾笼罩着城市，如一条腰带隔断于城市背衬的群山下。山上寸草不生，角峰嶙峋，像是雅丹地貌，真是绝佳的制高点！在安全形势不太明朗的情况下，坚守这里还是有必要的。塔利班的毛拉奥马尔的大宅，据说就在山下的原野中，位于城市西郊，但我也不知道具体是哪一座。精神紧绷中匆匆下山，回来才发现忘了寻找阿育王时期的题刻，留下了遗憾。

回到城里已经快8点了，我又去了一趟圣衣清真寺，补拍早上顺光时候的照片，然后用最后一个多小时快速地

◎坎大哈的小巷

看了看坎大哈的历史街区。失去了卫星定位，我转得异常艰难，只能凭着太阳位置，勉强走一下西北和东北两个片区的内部。在房屋结构和城市布局上，坎大哈都很接近赫拉特，曲曲折折的土墙巷子，随处可见的隧洞，虽然我没进入任何一所有人住的房子，但从卫星图上看，大部分房子也还是合院式的。比较而言，坎大哈街区的保存情况没有赫拉特的好，大部分地方比较破败，房屋塌毁严重；靠近大街的地方居住率挺高，旧房又多被新房替换。

飞机10点半起飞，我狂奔回昨天下车的地方，去乘坐昨天问好时间的机场巴士。巴士非常准时，像是为这班飞机服务的。我在阿富汗头一次从容到达航站楼，结果安检时又出幺蛾子——因为断电，所有行李改为手检，这便翻出了我在法扎巴德购买的青金石。安检员坚决要没收，说阿富汗不允许青金石原石出境。我据理力争，说这是国内航线，我并没有打算把石头带到境外。安检员笑了笑，说我到了喀布尔肯定要带出去，得提前没收了——当然，我确实是准备带出去的，而且以喀布尔的安检方式，肯定也查不出来。眼看就要登机，我没办法再和他们纠缠，只好放弃了那两块石头。上飞机之前，我给前两天在喀布尔认识的司机胡塞尼打了电话，让他到机场接我。我准备利用在喀布尔的最后一个下午，探访著名的潘杰希尔山谷。

前页图：
◎帕格曼的胜利之门

〔二十八〕　三访贝格拉姆，抱憾潘杰希尔

胡塞尼是我丢手机之后遇到的司机，这个时候也就成了我在喀布尔唯一有手机号的当地人。到了机场的公共区域，他一眼就看到了我。之前已经和他说好要去潘杰希尔，车没进城就直接向北开去了。

向北的路上，我问了问胡塞尼去各个景点的价格，他往返巴米扬只要100美元，去一趟潘杰希尔就50美元，比别的司机报价都低得多。他是塔吉克人，不管在普什图人还是在哈扎拉人的领地，都不会遇到太多麻烦。我问了问他愿不愿意开车去贾姆宣礼塔和加兹尼、坎大哈，他表示也没有什么问题，这时我有点后悔没有早些遇见他了。相比于之前的司机哈桑，胡塞尼的教门明显更好，他蓄着精心修剪的胡子，眼神坚毅而真诚，方向盘后面放着一本《古兰经》；他在白天没有喝一口水，每干一件事之前，都要念诵相应的经文。在伊斯兰国家旅行，我其实愿意和这样的司机打交道，在价格上、行车路线上，信仰虔诚的司机通常诚实很多。不过在阿富汗这样形势复杂的国家，比诚实更重要的，可能还是遇到突发情况的应变能力，在这一点上他又远远不如哈桑了。

潘杰希尔山谷和巴米扬的古尔班德山谷一样，都在索

马里平原的北部，潘杰希尔的谷口在古尔班德的东面10公里，溯源东北方向。潘杰希尔河和古尔班德河在贝格拉姆遗址交汇，因而在半路上我突然想，是不是可以再去一次贝格拉姆？因为上次拍摄还是过于仓促，很多细节没有记录。我问胡塞尼，知不知道塞亚德（Sayad）村，那边有个很大的遗址。胡塞尼露出惊讶的表情，说他就是塞亚德村的人，好奇我怎么会知道那里。我把前两次的经过和他简单说了一下，他说他认识那个岗哨的士兵，我们再去一次，想拍什么就可以拍什么。我高兴得几乎跳了起来，快下午两点的时候，我们再次来到那熟悉的城墙下。

岗哨上的士兵很快又过来了，胡塞尼和他招手笑了笑他就回去了，甚至连问都没问我。这个时间的贝格拉姆，没有了清晨那动人的光影，能见度也变得不佳，甚至连潘杰希尔的群山都快看不见了，但我终于可以细细查访地上的房基，翻捡散落的陶片，甚至向北走到台地边缘，拍摄北部的内城。这也算是我遇到胡塞尼最大的收获吧！

沿着河向北继续开行，远山越来越清晰，潘杰希尔山谷就在眼前。在驴友圈里，这座山谷是比巴米扬还要常去的景点，原因并不在于景色有多么美丽，而在于在这座山谷里与苏联入侵者及塔利班周旋，创造了一次又一次战略奇迹的马苏德将军。苏联于1979年入侵阿富汗之后，阿富汗多地起义反抗苏军，其中以潘杰希尔的战斗最为传奇。苏军用大炮和坦克一次又一次入侵山谷，而马苏德凭借对地形的了解，对山地战争的熟悉，让苏军始终没有完全占

◎潘杰希尔山谷的入口处

◎从河边远眺古尔巴哈古镇

领这里，反而在山谷中留下了数不清的坦克残骸。塔利班控制全国之后，只有马苏德领导的北方联盟还在阿富汗东北部抗争，潘杰希尔成为两方交界的前线。凭着惊人的军事才华，马苏德始终将极端分子挡在谷口之外，却最终在2001年9月9日，“9·11”事件的前两天，被伪装成记者的基地组织成员杀害。时至今日，阿富汗到处都悬挂着马苏德的画像，其威名在他去世后反而更加响亮。马苏德最后的长眠之地，就在潘杰希尔山谷之中。

穿过一片凌乱的村子，我们的车进入谷口，胡塞尼突然把车停下，告诉我他要去做礼拜。已经下午两点多，这个时间应该是补晌礼。大概20分钟后，车继续前行，没多久就遇到一个检查点。胡塞尼上前交涉后，告诉我们山谷不得入内。我疑惑极了，之前每一个到阿富汗玩的人，几乎都进入了山谷，怎么就不让我进了呢？我拉着胡塞尼想继续跟士兵理论，还暗示他可以塞一些钱，然而得知我要塞钱后他反而不愿意继续说话了，说真主不喜欢这样的行为。幸而这里也不是我一定要去的地方，也就只好作罢。

离开谷地，我们沿着河西岸向南，想去看看坦克墓地。大概十几年前，潘杰希尔山谷内还到处都是苏军遗留下来的坦克，每个去那里的旅行者都会与它们合影。后来，坦克都被拉出来，集中存放在巴米扬入口的北面，成为很多人前去打卡的地方。在路上，我看到了河东岸规模庞大的古尔巴哈（Gulbahar）古镇，这个镇子南北长超过一公里，东高西低，从河对岸望去，房屋层层叠叠，好像漂浮在绿色的原野上。回想起来，当天剩下的时间，真是应该好好去那里看看。

到了坦克墓地附近，向西能看见远远的山坡下有上百辆坦克和卡车，码放得整整齐齐。胡塞尼下去交涉，竟然又失败了，而他再一次拒绝行贿，让我远远地拍一下就行了。我心里哭笑不得，其他人来阿富汗从来没去过的地方我去了一大堆，所有人都会去的潘杰希尔山谷、坦克墓地和班达米尔湖我一个都没去成。

离日落还有3个半小时，实在不知道应该干什么了。胡塞尼跟我说，要么去帕格曼吧，这是喀布尔人最喜欢去的地方之一。这个名字我听着很耳生，做攻略的时候应该没准备过。回来查了资料才知道，帕格曼在喀布尔西郊，是阿曼努拉汗的出生之地。他在位时将这里修建成一个度假胜地，整个区域以西式风格打造，甚至在当时还要求必须身着西装才可以入内，这都体现了国王西化改革的决心。国王退位后这里成了喀布尔富人在夏天度假的地方，因为海拔较高、紧邻溪水，故非常凉爽。很多富人的别墅在这里慢慢建立起来，一时熙熙攘攘。苏联入侵期间，帕格曼受到了严重破坏，曾经的繁华几乎都被摧毁，只剩下了大门处仿照巴黎凯旋门而建的“胜利之门”的残骸。战后，帕格曼渐渐恢复，消夏的游客重新回到这里，但与之前的规模还相距甚远。

到了胜利之门，我发现阿富汗纸币2元和10元的背面，

◎远眺坦克墓地

都有这个图案，说明在阿富汗人心中这个建筑还是挺重要的。顺着溪流进入景区，路况变得非常差，我们几乎是直接在河床上开行，然而到了卵石砌成的停车场里，已经有了几十辆车。河道两边绿树垂阴，树丛间密密麻麻地排列着类似中国架子床的古怪棚子，每个棚子只能容四个人坐下；其下部悬空，四周有栏，四根木棍支起一个二坡顶，周围挂着各种颜色的帐幔。它们随坡就势，有的甚至建在了河道上面，大风吹来，帐幔随风鼓起，有种凌乱的美。胡塞尼说这是用来方便游客乘凉的设施，随后他就在一个小棚内做了晡礼。刚过5点，太阳快照不到谷内了，我赶快往坡上爬，方便向下俯瞰。相比国内景区，这里几乎没怎么建设，除了棚子以外，就剩四五个游泳池。虽然人不多，但每个人都非常开心，笑声站在山坡上都能听到。胡塞尼一整天没喝水，体力有点不支，坐在半山腰上出神，望着下面也不自觉地在傻笑。这个在我看来没什么意思的景区，对喀布尔人来说，也许真是一个世外桃源，看不见那伤痕累累的城市，很多烦恼也能逃避掉吧。

回到山下，十几块毯子已经在林间铺起，七八个男子坐在一张毯子上，身边摆着很多用塑料袋包好的食物，显然是开始为日落后的晚餐做准备，他们向我一路招手致意。回到城内已接近日落，我请胡塞尼帮我找一家好吃的烤肉店。上菜之后，果然物美价廉。胡塞尼望着满桌食物，手托着额头默默等待。终于昏礼的信号响起，他先喝了一口水，然后才开始吃东西，脸上绽放出灿烂的笑容。

◎河边准备野餐的当地人

◎在河中间礼拜的胡赛尼

因为潘杰希尔没有去成，他主动帮我减少了一半价格，还帮我付了餐费，但没多说两句话，他就又急着做礼拜去了。

前页图：

©卡尔特萨基（Karte Sakhi）地区

〔二十九〕 参观绿松石山遗产中心

我计划乘坐下午2点40的飞机离开阿富汗，坚持把最后一个上午留在喀布尔，首要原因就是为斋月期间只有上午才开放的喀布尔国家博物馆。博物馆9点才开，之前的三个半小时，我还想抓紧时间补上在喀布尔没去过的几个地方。

在喀布尔的景点里，有一个蓝色的清真寺一直给我很深的印象。我不知道它叫什么名字，但把照片存在了手机里，准备来了以后再问人，然而现在已经没有手机了。我抓耳挠腮地向拉马赞形容那个墓的样子：很多个穹顶、背面有座山、周围有很多小墓围绕……拉马赞却一直一脸疑惑。终于当我比划了一个棺材，模仿什叶派用手触摸的时候，他终于明白了，大叫“Karte Sakhi”！我在网上一搜，果然是这个。清真寺虽然新造，但造型还算古雅，背后的山坡上都是民居，相互映衬更有气势。阿富汗在麦加东面，清真寺理应朝东，我想象着日出时分金光灿灿的圣墓，于是不到5点就打车出发了。然而到了跟前差点窒息，圣墓在喀布尔北山的西侧，山峰遮挡了日出，一点光都不会有；地面好像笼着一层灰蓝色的纱，墓区外面的街区没有一丝人声，10℃出头的气温让我瑟瑟发抖。

我呆呆地站在陵墓旁边，看着阳光照亮了远山，照亮了身后的山顶，就是照不亮眼前的墓地。这片墓地显然平民居多，标志物大多就是一块自然的石头，少数有个水泥台子，最豪华的也就是水泥台子外面加个铁栏杆。呼啸的风声让没有阳光的墓地更显平静，然而这里其实是阿富汗被恐怖袭击次数最多的建筑物之一。在喀布尔的袭击，除了针对政府机关、当地军队和外国机构之外，最主要的就是对什叶派的仇杀。墓地自2010年建成以来，遭到大小袭击不下十几次，并且专挑什叶派传统节日下手。2016年11月阿舒拉节期间，三名枪手闯入寺内，造成14人死亡。我去的时候，圣墓刚刚修好，结果仅仅半年后的2018年3月，诺鲁孜新年之时，一次爆炸又造成29人死亡。所有什叶派占一定比例的国家，叙利亚、伊拉克、也门、阿富汗，或多或少都面临着这样的问题，一次次爆炸也是一次次恶性循环，不知何时才能脱离这个泥潭。

遗憾地离开墓地，我又到喀布尔老城的迈万德（Maiwand）街以南，记录另外一片历史街区。这里的情况和大街北侧差不太多，只是商铺很少，基本是居民区。结果就是这么随便一逛，差点让我在阿富汗这么多天的记录前功尽弃。我在房屋中曲曲折折地反复穿行，尽可能覆盖更多巷子，在一条只能两人经过的小巷中，碰到一个头发染成黄色，大概还没成年的当地小伙儿。他一见到我就调转回头，同方向走在我前面。到了一个分叉路口，他做出帮忙指路的样子，示意我走左边一条路，见我不从，竟然从袖口拿出一把刀，面露凶光地看着我。一见到这个情况，我立刻快步向右边走，他一个箭步拦上来，在我面前把刀子扔掉，示意已经没有威胁，让我跟他回去。我很害怕，便向反方向飞奔。然而他竟一把拽住我的相机背带，另一只手就要抢我的相机。我不知道哪儿来的力气，拼命按住相机，然后边和他周旋边大声喊叫。旁边一个院子的门闻讯打开，三个穿布卡的女子，连罩袍前帘都没来得及放下，站在门口叫得比我还大声，但限于男女授受不亲，又不能来帮忙。这么大的叫声把强盗吓慌了，手上的劲变小了一些。我迅速扣上了相机包，开始和他抢夺背带。终于，院子里的男主人出来了，手上还提了一根棍子，强盗立刻松了手。随后男主人护着我到了巷子口，指给我出去的方向。我没来得及道谢就拔腿往前跑，强盗竟然还在追我。我冒着车流强行过了大马路，才看到他基本放弃，坐在路对面遥望。

定了定神，我走回到喀布尔河边，再次探访2014年没进去的提姆尔·沙阿之墓。前文已提提姆尔是杜兰尼王朝开国君主艾哈迈迪的儿子，在位期间，将阿富汗的首都从坎大哈迁到了喀布尔，至今已经有250年。墓地仍然大门紧锁，门口那个让人哑然失笑的标语还在——“本区域内不能开枪”，似乎意味着喀布尔的大街上可以随便开枪？我跑到旁边一个楼顶去拍摄，墓的形制看起来和坎大哈的几乎一样，都是八角形的基座配上穹顶，但纯用砖的本色而不加彩绘，反而更加好看。沿着河道向北，在巨大的

◎提姆尔 · 沙阿之墓

◎墓地大门上的标语，“本区域内不能开枪”

阿卜杜拉·拉赫曼汗清真寺后面，就是埃米尔本人的墓，这座建于20世纪头十年的墓地，已经有了西化的影子。

时间快到9点，我准备打车去喀布尔国家博物馆，然而这个区域的车有些少，我就向南走，去砖桥清真寺北面出租车的集散地，竟遇到了本次阿富汗之行最后一个惊喜。在记录老房子时，我发现这一片的房屋质量明显高于喀布尔其他地区，三层的房屋开始出现，很多房子在第二层会有木质的阁楼，又看到了好几个雕刻精美的大门。我在其中拍得流连忘返，突然一个穿着当地服装的年轻人凑过来，用非常流利的英语问我是不是在找绿松石山（Turquoise Mountain）。我听发音以为是土耳其山，问他这是什么，他说这个地方可太有意思了，可以带我去看看。他领我走进了一个不起眼的古建筑大门，拐过几个弯以后，我看到一块设计时尚的透明塑料板子，上面写着“Turquoise Mountain”。进门之后，能看到一个巨大的传统四合庭院，正房共有两层，都带木质回廊，回廊做木雕拱券的装饰，是我在喀布尔见到的最好的院子。一位西装革履的先生出来迎接我，询问我的身份。在得知我到阿富汗是专门为了看文物古迹，并且在不到十天的时间里去了那么多地方时，他的眼睛都亮了起来，不由分说就抓着我进了办公室，要给其他朋友介绍。

一位坐在电脑前的姑娘站起来跟我主动握了手，向我讲述这个地方的来历——这是我在阿富汗唯一一次和当地女性有肢体接触。办公室所在的建筑内部，装饰更加精

◎绿松石山的宅院内部

◎绿松石山古宅室内的装饰

美，墙上都是灰泥雕成的花纹，家具应该都是从各处收来的古董。姑娘说，绿松石山的名字来源于古尔王朝首都的别称，这个都城可能位于前文提到的贾姆宣礼塔附近，体现了这一机构创立的初衷，就是关注和保护阿富汗的文化遗产；在实际操作中，还包括了对传统手工艺和装饰艺术的保护和传承。这个机构2006年由英国的查尔斯王子和阿富汗前总统卡尔扎伊共同设立。设立之初，它就选择了位于喀布尔河北岸，喀布尔历史街区中最好的穆拉德（Murad）片区进行修缮。十多年来，总共修缮了100多座历史建筑，并把办公地点、培训机构和工厂都安放在了最大的两个院落中。随后她给我播放了绿松石山的宣传片，详细展示了这些宅子修缮的过程。现在绿松石山的实际负责人，正是2003年徒步穿越阿富汗中央山地的英国人罗瑞·斯图尔特。

一开始迎接我的那位男士带我继续参观宅子的其他部分，其修缮工程甚至比我国很多地方做得都好，基本做到了尽可能少地替换构件，修旧如旧。参观过程中，这位男士不断询问我这几天去到的古迹的现状，很多地方连他们都没有最近的资料，得知一切安好，他非常欣慰。在这里的游览不断打开我新世界的大门。这里老宅子的空间利用率很高，首饰、陶器、木雕、玻璃作坊一应俱全，每个屋子里都有学生在一丝不苟地学习阿富汗的传统手工艺。最让我感动的是那种世俗氛围，男生和女生在一起制作陶器；不时有女生从教室出来，落落大方地向我致意；我甚

◎宅院进门处的女士

◎正在制作陶器的学徒

◎手工作坊的玻璃作品

◎穆拉德城区的老清真寺

至看到了一间有十几台电脑的教室，一位没戴头巾的女老师对着男女混合的班级讲授计算机课程：这仿佛是20世纪60年代的景象，已经太久没在这个国家出现了。最后，我被领到了纪念品商店，这里售卖作坊里的学生制作的作品。男士说，他们的作坊已经培养出了100多位可以独立制作阿富汗传统手工艺品的师傅，产品卖到了几十个国家，解决了很多人的就业问题。阿富汗的很多古迹，包括贾姆宣礼塔，他们也参与了传统工艺的复原和实际修缮工作。

推离古宅的大门，再次看到那所有人身穿传统服装的杂乱街市，我感到很不真实。这个世界上伟大的人、伟大的事不算少，而这两个低调的小院子，带给我的震撼却一直持续至今。在阿富汗这样动荡的国家，很多驴友包括我，前去叨扰一遭，回来就书写自己壮烈的行程、神奇的遭遇，乃至从中挤榨出的悲天悯人之心，实则于己于人都毫无进益。而这样的机构，就这样不急不躁地运作在那里，对文化遗产的保护自不用说，长久下去对社会潜移默化的影响，更应让人敬畏。

我接着去穆拉德城区深处逛，大院里面的人告诉我，这边有喀布尔历史最悠久的一座清真寺。城区有一条东西向的主街，两边也有很多商铺，这里的商品许多大概都是绿松石山的作坊里生产的。我刚想照相，一位路人噌地跳出来就把我的镜头捂住，说这里不能拍照。我指着大院的方向，叫道“Turquoise Mountain，Turquoise Mountain”，又指了指自己，他便微笑地松开了手，手里比划着枪对着四周扫射的样子，嘴里念叨“Taliban”。我想也许是塔利班仇视这里，曾经发动过袭击吧。知道了我的身份，他就让我拍照了，还领着我去清真寺里参观。这座清真寺有一个黑白方格外皮的袖珍宣礼塔，也是杜兰尼王朝时兴建的，内部是个带穹顶的圣墓，顶部装饰非常华丽，可惜不能拍照。街区内还有几座凉亭非常不错，四面开敞，用木柱支撑，上面做成拱券的样子，令人好像回到了南疆一般。

这个地方真是太有意思了，我实在想多逛一会儿，然而博物馆还是必须要去的。我赶忙打车，10点多才终于到达博物馆。

前页图：

◎喀布尔国家博物馆外观

〔三十〕 收官喀布尔国家博物馆

2014年的旅行由于在斋月，喀布尔国家博物馆下午就闭馆，我错过了开放时间；又因为那次行程过于仓促，最终也没能在博物馆开放的上午重回喀布尔，这成了我那次行程中最大的遗憾。2017年的重访仍然在斋月，但我把最后一天的上午全部留给了这里。当到达博物馆大门口，成功买到门票的一刻，我感觉时间倒流回了三年之前，唯有旁边已经开始修缮的达鲁拉曼宫，提示着我这个国家的变化。

相对于阿富汗在亚洲的重要地位，喀布尔国家博物馆这座简朴的二层灰色小楼似乎不足以承载它的厚重历史。小楼建于阿曼努拉汗在位的1919年，具有明显的西方风格。它配合附近的达鲁拉曼宫，一开始用作政府办公部门的场所，在1931年成为阿富汗的国家博物馆。

博物馆在平稳运转的40多年间，逐渐积累了超过七万件藏品，包括了该国从旧石器时代到伊斯兰时期的重要文物，希腊化、贵霜时期的收藏品尤为引人瞩目。国家开始动荡后，馆员及时把蒂拉丘地最为珍贵的黄金类等文物藏在了财政部和文化部的地下室内，历经近20年的风云变幻，直到2001年塔利班政权被推翻之后，这批宝藏才重新现世，它们绝大多数都被完好地保存了下来。自2006年开始，这批宝藏开始全球巡展，在法国、美国、意大利、日本等国都受到好评；从2017年的北京故宫开始，到新冠疫情来临之际在香港结束，宝藏在中国巡展了3年，最终安全返回故土。这批宝藏在中国掀起了一阵阿富汗和丝路文物观赏与研究的热潮。

未被妥善转移的其他文物，下场比较悲惨。在1992年开始的内战中，博物馆的建筑遭到严重破坏，大量文物被洗劫或焚烧，很多被倒卖到国外。1994年，馆员对博物馆残存文物进行了清理和转移，将其藏在地下室内。1996年塔利班接管博物馆后，初期尚有保护行为，但2001年在炸毁巴米扬大佛之后，以清理异教徒文物为名，打开地下室，又对剩下的文物开始系统性摧毁。至2003年博物馆开始恢复时，完整的展品已经没有太多，但英勇的馆员还是在塔利班摧毁文物之后，收集和隐藏了大量的碎片，使其日后得以修复。

通过修复和追讨，博物馆逐渐恢复了一些陈列，新发掘的艾娜克等佛教遗址也一定程度上弥补了大量佛教文物被毁的遗憾。战争时期流失的文物，一部分被日本著名画家和收藏家平山郁夫先生购买和保护，并在2016年阿富汗宝藏巡展到东京时，与喀布尔的展品举办合展。展出结束后，有102件文物得以归还，目前成为喀布尔国家博物馆最为精彩的常设展品。大英博物馆也借助同样的契机，归还了一部分流失文物，包括博物馆中现存最完整的一尊石质立佛，以及后来与蒂拉丘地的黄金制品一同巡展的来自贝格拉姆和阿伊哈努姆（Ai-Khanum）遗址的文物。

喀布尔国家博物馆的门票只要100尼（约人民币10元），但拍照需要另付200尼，和巴布尔花园一起，是喀布尔唯二需要门票的景点。斋月期间的游客非常少，在我停留的两个多小时里，就来了不到十个大学生模样的当地人。一进入展馆，放置在正中的巨大石钵非常引人注目，它来自坎大哈城西侧的米尔维斯·霍塔克陵寝。前文已经提到，虽然阿富汗近代国家一般以1747年艾哈迈迪·沙阿建立杜兰尼王朝为起始，但1709年米尔维斯·霍塔克在萨法维帝国之下的起义，才是阿富汗独立的先声。虽然石钵上阿语雕刻的《古兰经》经文非常精美，但相比于博物馆的绝大多数文物，其文物价值并没那么重要，之所以放在这样的位置，一方面宣示着阿富汗当前的宗教信仰，另一方面也有纪念国家独立的意义。

石钵的后面是一个穿着灯笼裤、只有下半身的大型雕像，因为过于残破，不熟悉阿富汗文物的观众很容易忽略它，然而它却是国王时期的博物馆历经重重磨难遗留下来的最重要的石质文物之一。它发现于苏尔赫科塔尔（Surkh Kotal）遗址，位于喀布尔到马扎里沙里夫路上的巴格兰省。法国人在20世纪五六十年代发掘了这座贵霜时期的城镇，其中最重要的发现就是这座一代雄主迦腻色伽一世的雕像。此雕像在塔利班统治时期被砸成大大小小数百碎片，然而馆员精心将它们收集起来，并进行了天衣无缝的拼合重现。如今的雕像看不出太多被砸的痕迹，旁边

◎展馆中央来自坎大哈的石钵

◎迦腻色伽一世雕像

有一块展板详细说明了雕像的修复过程。在城镇后面的山崖与附近的巴塔克（Rabatak）村，有两块用希腊文字书写当地语言的摩崖铭文，内容大概是赞扬先王修建神庙的功绩，表现对神和王的崇敬，其内容也对核定贵霜时期的国王世系很有帮助。两块摩崖的切割和异地保存，对阿富汗这样的国家来说是比较罕见的，而巴塔克铭文发现于1993年，其搬移工作竟然是在塔利班执政期间进行的，这也体现出塔利班在执政前后时期，对于文物保护心态的变化。

◎马朗查遗址的泥塑佛像

博物馆一层的东翼以很少的几个展柜浓缩了阿富汗从石器时代到前伊斯兰时期的历史。其中，比较重要的早期遗存当属法罗尔丘地（Tepe Fullol）的几件金银器。这一遗址同样位于巴格兰省，于1966年被当地村民发现。这里出土的金银制品在瓜分时多被分割，追回的一部分也只剩残块了。从风格上看，这批器物与苏美尔和古印度河流域文明多有联系，显示出阿富汗早期文明的冰山一角，然而更多的信息随着这些年的战乱可能将被永久淹没了。法

◎苏尔赫科塔尔遗址的希腊文铭文

◎法罗尔丘地的金器残块（中国故宫博物院巡展）

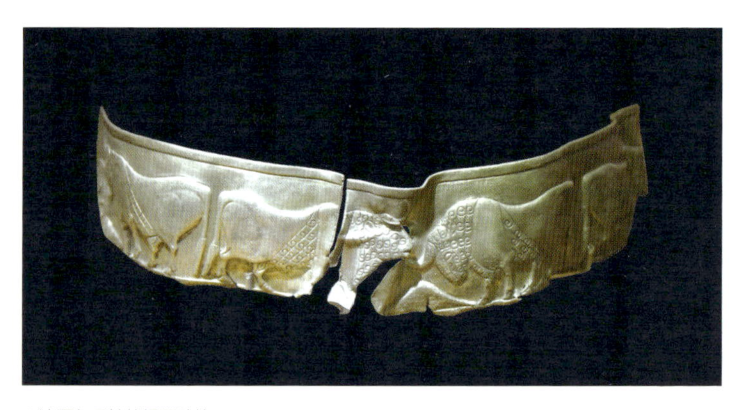

◎法罗尔丘地的银器碎块

罗尔丘地的金质文物大多随巡展去过了世界各地，而银质的几件也非常精彩，只有在喀布尔才能看到。

在诸多零碎的小件文物中，一件泥塑的坐佛非常引人注意。它来自喀布尔城内的马朗查（Maranjan）佛寺遗址，在塔利班倒台之后才被发掘出来，这也是喀布尔国家博物馆目前展出的最大的泥塑佛像。在去往二层的台阶处，另一件更加完整的石雕立佛却是国博的旧藏。它出土于喀布尔北郊的萨拉库加（Sarai Khuja）遗址，在20世纪90年代的动乱中不翼而飞，最终在英国被找到并被归还。此雕像也因此逃过了塔利班在2001年的集中破坏，成为这里仅有的能镇得住场面的犍陀罗大像，也因此得以在2019年中国国家博物馆“大美亚细亚”的文物展中代表阿富汗出现。

◎ Sarai Khuja 遗址的石雕佛像

在一层东翼的尽头，有一个希腊化和巴克特里亚时期文物的专题展厅，比较精彩。展陈的核心文物来自阿富汗最重要的希腊化时期城市——阿伊哈努姆遗址。亚历山大大帝东征之后，在亚洲地区建立了很多希腊化的城镇据点，阿富汗算是这一影响的最东端。很多西方探险家和考古学者来到阿富汗，希望找到当时建立的城镇，但都无果而终。这一僵局在1961年，由阿富汗末代国王查希尔自己打破——他在阿伊哈努姆打猎时，偶然踢出了一个柯林斯柱头。法国人进驻发掘后，一个宏大的希腊城市遗址出现在了阿富汗的东北角、阿姆河南岸与塔吉克斯坦的边界上。这样一个至今都很难到达的地方，有着半圆形的阶梯剧场，有安装着喜剧假面排水管的体育场，还有铺着马赛克的浴室，让人惊叹于希腊文明的影响力之远。目前馆藏的阿伊哈努姆文物主要是大理石的建筑构件和石质器皿，大多数精品在国外巡展中，但在本馆也留有几件不错的。

一楼的西翼主要是伊斯兰时期的文物，这部分文物在战争中损失相对较小，其中尤以来自加兹尼的建筑装饰与金属文物最为精彩。加兹尼城作为伽色尼王朝的都城，在前文提到的双塔耸立之处进行过城市考古，发现了大量八九百年前的灰泥与石雕装饰。这里甚至有一个米哈拉布装饰的场景复原，是喀布尔国家博物馆仅存的几个历经战火而位置未变的陈列。

博物馆的二楼由几个专题展厅组成，这里曾经给巴米扬遗址、哈达佛教遗址、贝格拉姆遗址都做过至少一个厅的专门陈列，然而这些文物大部分都已经被毁或四散，现

◎阿伊哈努姆遗址的排水道

◎阿伊哈努姆遗址的石质容器

◎加兹尼城区的伽色尼王朝建筑装饰

◎从加兹尼搬迁来的米哈拉布装饰

在只有新发掘的艾娜克遗址、捐献回流重要文物、努里斯坦（Nuristan）木雕和民俗文物以及蒂拉丘地黄金文物（图片展）4个板块。其中回流文物厅汇集了部分当年在哈达、巴米扬、贝格拉姆遗址的文物，它们漂泊到日本、英国，也幸运地逃脱了塔利班的破坏，最终得以完整地回到故土，这是整个博物馆目前最有看点的部分。

二层展厅的灯光比其他展厅好很多，如果说一层的展厅大部分依靠自然光，这里明媚的射灯打光让人忘了身处阿富汗。在这里，最显眼的展品是中心展柜中的半个脚丫。这个脚丫同样出土于阿伊哈努姆遗址，来自其中的宙斯神庙，被认为是宙斯雕像的一部分。其细节纤毫毕现，丝毫不逊于希腊本土的水准。有研究者认为，这个脚丫只雕凿了半个，因为阿富汗当地缺乏优质石材，雕像可能只有重要的部分才使用远距离甚至希腊本土运来的石头，而其他部分就以木头、泥塑代替，这尊雕像原本还有其他零件一同出土，但经历劫掠，现在只有这只脚找回来了。

◎阿伊哈努姆遗址的宙斯雕像

展厅的其他部分以哈达遗址的犍陀罗

佛教艺术为主，这是阿富汗在战前发掘的最重要的佛寺遗址之一，位于喀布尔东面，贾拉拉巴德城南十公里。长达数十年的发掘，这里出土各类佛教遗物超过两万件，还进行了原址的保护和陈列，是世界上最为著名的犍陀罗艺术宝库。然而遗址和绝大多数文物，都在内战和塔利班的破坏后灰飞烟灭。被日本平山郁夫先生收购的一部分，经历了重重磨难后返回到这个厅里，令人唏嘘。《说法图》是哈达遗物中最精美、最完整的一件，佛陀坐于当中，周围信徒洗耳恭听，几乎没有任何缺损，神态纤毫毕现。除此之外的大量泥塑、石雕头像，还有着浓厚的希腊韵味。几件巴米扬的壁画残片平躺在中央的几个玻璃柜中，这是这座世界遗产仅存的几件还保留有面部的壁画了。展厅最后用一个展柜陈列了几件贝格拉姆的文物，相对于在外巡展的文物品质，这里只是意思一下。我当时在贝格拉姆遗址打电话求助博物馆的事情，早已经被大部分馆员知道，陪同的馆员一边笑骂着我，一边一定要拉我和这几件文物合影。

在这个厅大饱眼福之后，我又来到了艾娜克厅，看到这些文物，我两次探访未成的心情稍稍宽慰。在前文的探访记录中，已经谈到艾娜克在犍陀罗佛教考古中的重大意义，艾娜克巨大的文物出产，几乎堆满了喀布尔国家博物馆的库房。不过目前在馆内展出的只是一些小件的泥塑头像，询问了馆员，一方面是因为很多大件还没有修复完成，另一方面也和喀布尔的安全形势较差有关。

◎哈达遗址出土的《说法图》

◎哈达遗址的其他泥质、石质文物

◎巴米扬石窟的壁画残片

◎贝格拉姆遗址的玻璃和象牙文物

与之类似的还有蒂拉丘地黄金文物展厅，其文物是喀布尔国家博物馆最为珍贵的一批文物，也是全球巡展时的主角，然而它们即使回到阿富汗国内时，也从来没有展出，展厅内预留的位置上只有图片。蒂拉丘地位于巴尔赫西部的席巴尔甘（Sheberghan），1978年苏联考古工作者在此发掘，一举发现六座有着大量黄金制品陪葬的墓室，出土黄金文物两万多件。但文物还没有来得及整理，战争就在一年后开始；也幸而如此，这批文物得以在没有对公众面世的情况下就被秘藏起来，直到2003年形势稳定之后才重新取出。关于这组墓地的时代和族属一直有争议，主流观点认为其年代介于巴克特里亚王国和贵霜王国之间，为大月氏统治时期。这使得喀布尔国家博物馆残余的珍宝能把纷繁复杂的前伊斯兰历史串联起来，从亚历山大东征的阿伊哈努姆，大月氏的蒂拉丘地，到贵霜早期的贝格拉姆宝藏，以及佛教继续发展的巴米扬，不禁让人想知道，阿富汗现在还有没有未被伊斯兰化的领土？最后一个努里斯坦文物展厅，就恰好解决了这个问题。

努里斯坦位于喀布尔东部和巴基斯坦交界的山区，地处帕米尔高原的西部边缘，到现在也是阿富汗最难到达的地区之一。这里和巴基斯坦西北部的卡拉什（Kalash）山谷原本是一个文化圈，其中居民的信仰类似原始的印度教。在伊斯兰化的洪流滚滚而来时，它始终借环境的闭塞，民风的彪悍而对之予以排斥。巴基斯坦卡拉什山谷的居民至今仍然不是穆斯林，并且成了巴基斯坦很重要的旅

◎艾娜克遗址的泥塑小件

◎蒂拉丘地文物的图片展厅

◎努里斯坦的木雕人像

游景点。当地人传说自己是亚历山大大军的后裔，其高鼻深目的女性身着艳丽的传统服饰，戴着彩色的头箍在雪山下起舞，是帕米尔地区最独特的民族景观。在阿富汗境内，他们居住的地区一直被蔑称为卡菲尔斯坦，意为异教徒的土地。在坚持了数千年之后，巴拉克宰王朝的埃米尔阿卜杜拉·拉赫曼汗于19世纪末叶侵入这里，强制改变了当地人的信仰，自此阿富汗境内就不再有非穆斯林了。这块土地也因此改名，现在意为光明之地。这一展厅就收集了大量当地人改信之前的大型木雕，多数都是风格鲜明的人像，通常立在坟墓前。展厅内还有阿富汗各个地区的民族服饰和首饰。

此博物馆藏品品类众多，但本身面积确实不大，两个小时足以让普通人仔仔细细看完。从博物馆出来才12点半，离飞机起飞还有两个小时。在打车去机场的路上，我突然想给旅程一个更完美的收官——去城北的英国基督徒墓地，拜谒一下伟大的探险家斯坦因。对于中国人来说，在新疆、敦煌等地的掠夺式发掘让他成为中亚学术界的明星，也给中国文物带来了永久的伤痛。但是很少有人知道，斯坦因在第四次中亚考察被中国人阻止之后，转而考察南亚、西亚，在1943年以81岁高龄进入了魂牵梦萦的阿富汗，却在抵达喀布尔几天后就病逝，遗体长眠在这座墓地中。作为考古学专业的学生，我对他的感情是很复杂的，但不能否认他作为一个伟大的探险家，在那个时代让人难以企及的勇气。

◎喀布尔英国基督徒墓地的大门

原本以为时间是足够的，因为英国墓地和机场大致在一个方向，然而路上遭遇了堵车，而且在堵车的过程中我睡着了，一个小时后才到了墓地门口。墓地外观非常低调，只有一道白墙和一个黑色的大门。大门紧锁，只留了一个电话号码在旁边。已经来不及叫人来开门了，我扒着门缝向里观望，当然也看不到斯坦因那个小小的墓石，这遗憾只能留待下次弥补了。

我跑得满头大汗来到机场，七零八落地通过了那四五道安检，距离起飞时间只剩不到半小时。这在很多国家肯定已经赶不上飞机了，但喀布尔机场的规模实在太小，柜台的女士通融之后，还是给了我登机牌。我长舒了一口气，瘫软在了候机厅里。红姐刚好也是这天坐飞机出门，我们在候机厅里见了面，留下了珍贵的合影。从这一刻开始，我相当于已经脱离了危机四伏的阿富汗。即将重访的印度虽然不是能让人放松一切警惕的国家，却也是我此刻最大的期待。依然是巨大的波音747-400客机，上座率还不如来的时候。空空荡荡的飞机上，空姐对穿着当地服装的我很感兴趣，当得知我是去阿富汗旅游时，惊讶地合不拢嘴。她望着飞机下面荒芜的山峦，说她飞了这条航线将近一百次，从来没有出过机场，因为所有人都说，只要出去，迎接她的就是死亡。而我也看着眼前精致的食物，宽阔的机舱和身上不相匹配的衣服，感觉过往的那些天天像是一场大梦……

后 记

我在写作上是个特别懒散的人，以往的旅行，最多在相关论坛发一些攻略式的游记，从未试图写成线索完整的文章。2015年我在伊拉克被误抓之后，很多出版社找过我，希望我把伊拉克的经历写下来出一本书。即使是这样，我还是没有什么动力：一方面因为我并不是一个情感丰富的人，电影、电视乃至现实中陌生人的悲喜，很少使我感同身受；另一方面时间所限，加上我旅行的目的性比较强，希望尽快到达需要记录的地点并完成拍摄，不愿在一个地方花太长时间与他人深入接触。我甚至不怎么爱看游记类书籍，即使偶尔看看，也只是发掘一下其中的交通食宿等攻略，对个人情感和故事情节视若无物。我这样一个典型的理科男生，即使写出了什么游记，难道有人会花钱买来看吗？

邵学成博士的出现，让我的观念发生了改变，他是我这部游记能够诞生最需要感谢的人。邵博士是国内研究阿富汗佛教艺术的专家，我们在伊拉克的事情之后建立了联系。当时我已经去过阿富汗，而他的博士论文虽然研究巴米扬，却身不能至而心向往之，有时向我询问一些当地的情况。到了2017年，我又一次前往阿富汗，出行前曾向他讨得一些资料作为旅行时的知识储备；在正文中我费尽心力去到的贝格拉姆遗址，也是邵博士向我介绍的。在这种互相鼓励和分享的氛围中，邵博士也亲自去了阿富汗，并且在之后的几年中，带领团队多次前往考察，靠一己之力，架起了中国和阿富汗学术交流的桥梁。在我们都完成了阿富汗行程的2017年10月，邵博士找到我，说希望和我合出一本书，叫《柔软的阿富汗》，书中他主要写更加学术且偏向佛教的内容；而我由于是自由旅行，和他们受到的严格安保状况不同，可以补充一些城市面貌、百姓生活、伊斯兰教建筑乃至一些旅行的花絮，丰富书籍的可看度。面对这样的邀请，我是退缩的：邵博士是专业的研究者，而我只是普通爱好者，书中这两部分的水平差距，不用想就知道该有多大。但邵博士一腔热情，拉着北大出版社的编辑，连合同都准备好了，我也只能赶鸭子上架，硬着头皮答应了。

不过真的写起来，并没有我想象的那么艰难。阿富汗是我出国旅行中第一个不太常规的国家，从办理签证到飞往喀布尔，世界上最复杂、最脆弱的一角在一瞬间撕开，赤裸裸地展示在还没有什么出境阅历的我的眼前，那种冲击感永远历历在目。到现在我已经去过三十多个国家，很多旅行细节都淡忘了，但对于阿富汗，每当我闭上眼睛，仍然能看到喀布尔巴扎里的鸟笼，听到坎大哈开斋时的邦克，摸到贾姆宣礼塔过河的溜索……这些细节实在太过丰沛，它们从我的脑海中倾泻到纸上，对于写成一部简单的游记，过程还是比较顺畅的。

当然，促使我能不停写下去的，仍然是邵博士。他写得实在太快了，文字量是我的好几倍，我担心拖慢整体进度，只得拼命追赶。最终他还是比我更早写完，也让我看了他的稿子，不论内容上还是文笔上，都与我的判若云泥，我更加难以想象两部分合在一起的样子了。我把稿子和图片交给出版社，等着进一步的消息；而邵博士因为考察照片的归属问题，迟迟没法配图。出版社等了将近一年通知我，说不如把我的这部分先单独出了吧。

这就是本书诞生的过程。我到了写后记的时候依然惶恐，本来就是照着小爬藤的水准去写，然而失去了邵博士这个攀附的树干，不知如何立足，却也只能像阿富汗的行程本身一样，去接受这个意外。写作过程中，不爱看游记的我，简单看了看国内已经出版的几部阿富汗游记，最早的有班卓的《陌生的阿富汗》，之后有姜华的《你好阿富汗》、梁子的《你是尘埃也是光：面纱下的阿富汗》，最近还有原老未的《罩袍之刺》。在阿富汗这样一个女性出门极为不便的地方，四部游记都是女性作者，非常神奇。她们在阿富汗最少也待了一年半载，甚至学会了当地的语言，和形形色色的人聊过天，收集了数不清的故事；而我在阿富汗一共只待了两周，这浮光掠影和之前的几部相差太远，只希望读者知道这本书诞生的经过后，不要见笑。但比较下来，我的这部流水账，仍然有弥补空白之处：之前的几本游记多以人物故事为核心，讲述阿富汗普通人的悲欢、放纵与挣扎，在女性的视角下，那种绵长细腻的忧伤构成了作品的主基调，而故事发生的具体地点，路程中的建筑遗存，常常模糊不清。我是一个较为理性的打卡游客，更希望这本书能像我最喜欢的《伊本·白图泰游记》那样，在历史和地理的框架中，给这片土地上的城市街道、路程中的自然风光、由古迹串联起的历史故事和社会日常一些更清晰的交代。因为阿富汗不光是亚欧大陆需要同情、悲悯的脆弱心脏，它的战乱、保守和它的文物古迹一样，都是世界多样性的一部分。客观地记录和调查，平静地接受旅途中遇到的种种故事，就已经足够精彩。

除了懒散之外，题材敏感是阻碍我写作的另一个原因。虽然这是一部以文物古迹为主要线索的游记，但涉及对当代生活的描写时，宗教是绕不开的话题。我日常对宗教非常冷漠，但身处特定的环境时，也乐意融入当地的宗教气氛中去，深入了解当地文化，也丰富旅行的体验。从对伊斯兰教的一无所知，到和当地人一起礼拜、一起开斋，我对宗教的认识也在不断发生变化。由于在伊拉克的经历，在宗教保守国家旅行时，我往往更加信任在教门上更加虔诚的当地人，这和很多游客喜欢接触宗教反叛者的视角也不相同。我理解保守的生活方式，也理解很多人在宗教和现代生活之间的挣扎，但对于保守宗教冷眼旁观而非批判表述，可能已经进入敏感的边缘。我在写作时，没有对这部分内容有任何避讳，希望先一气呵成写出来，再做必要的修改，而出版社也非常理解，几乎没有对内容有任何改动。如果这部书稿能顺利与读者见面，那就是时候开始写我旅行更深入，让我印象更深刻的伊拉克之行了。

2021年3月于兰州